Collection « Rafales

Les jours où je suis né

Claude VALLIÈRES

LES JOURS
OÙ JE SUIS NÉ

Catalogage avant publication de Bibliothèque et Archives Canada

Vallières, Claude, 1958-

Les jours où je suis né

(Rafales. Nouvelles)
(Collection Rafales)

ISBN 2-89537-101-6

I. Titre. II. Collection. III. Collection: Rafales.

PS8643.A446J68 2005   C843'.6   C2005-941657-2
PS9643.A446J68 2005

Nous remercions le Conseil des Arts du Canada de l'aide accordée à notre programme de publication. Nous reconnaissons l'aide financière du gouvernement du Canada par l'entremise du Programme d'Aide au Développement de l'Industrie de l'Édition (PADIÉ) pour nos activités d'édition. Nous remercions également la Société de développement des entreprises culturelles ainsi que la Ville de Gatineau de leur appui.

Dépôt légal — Bibliothèque nationale du Québec, 2005
               Bibliothèque nationale du Canada, 2005

Direction littéraire : Micheline Dandurand
Révision : Lise Marcaurelle
Correction d'épreuves : Marie-Claude Leduc

Éditions Vents d'Ouest
185, rue Eddy
Gatineau (Québec)
J8X 2X2
Téléphone :   (819) 770-6377
Télécopieur :   (819) 770-0559
Courriel :   info@ventsdouest.ca
Site Internet : www.ventsdouest.ca

Diffusion au Canada : PROLOGUE INC.
Téléphone :   (450) 434-0306
Télécopieur :   (450) 434-2627

Diffusion en France : Distribution du Nouveau Monde (DNM)
Téléphone :   01 43 54 49 02
Télécopieur :   01 43 54 39 15

Les jours où je suis né

à Yvon Bilodeau

L ES JOURS où je suis né, il ne faisait pas beau. La mère soulevait des vagues pour jeter l'enfant sur les rives d'un monde nouveau. Si j'avais pu, j'aurais hurlé à m'en déchirer la gorge en échouant finalement sur le grand lit blanc taché de sang. Je dis « la mère », car cette femme-là est un petit peu morte en me mettant au monde. Son cœur s'est mis à faire plein de bêtises et à galoper comme un malade. Ça a foutu la pagaille dans sa poitrine et au bout d'un moment, les tic tac ont cessé comme si un ressort s'était cassé à l'intérieur ou quelque chose comme ça.

J'étais un peu mal à l'aise. C'était la première fois que ma mère mourait. Ils ont dû remarquer mon embarras car avant que j'aie eu le temps de battre des cils, ils rompaient mes amarres, me débarbouillaient et passaient un tube entre mes lèvres comme s'ils voulaient me tirer les mots de la bouche. L'instant d'après, je suis allé réfléchir dans mon petit lit de verre. Je n'étais pas inquiet pour moi. Je savais que je me remettrais du naufrage en pays étranger. Par contre, j'avais froid dans le dos quand je pensais à ma mère. J'aurais aimé qu'on me laisse près d'elle au lieu d'être amené dans une autre pièce. Peut-être que j'aurais pu aider. Je ne sais pas comment, mais j'aurais trouvé le moyen de lui crier qu'il fallait qu'elle reste.

Dehors, ce jour-là, les nuages étaient lourds et gris comme des pierres. Je le sais. C'est ma mère qui me l'a dit.

J'adore cette histoire. Elle me l'a racontée vingt fois au moins. Souvent, quand j'étais seul avec elle et que la vie ne m'offrait rien de plus doux que la chaleur de sa voix, je lui disais :

— Maman, raconte-moi quand t'étais morte.

Elle se penchait alors vers moi et me regardait d'un air surpris. Nous aimions tous les deux faire semblant que c'était la première fois que je lui demandais cela. Je m'installais près d'elle et je l'écoutais raconter le moment où elle est partie et où je suis arrivé et comment on s'est à peine croisés en chemin. Elle ne trichait jamais sur les détails. L'ordre des choses était toujours le même, parce qu'elle s'interdisait de jouer avec ses souvenirs.

Parfois, pour faire durer le plaisir, elle ajoutait quelques mots sur les longs mois où j'ai squatté son intimité en l'habitant de l'intérieur. Il paraît que je flottais dans la mère en bougeant au hasard un pied ou l'autre pour lui dire bonjour. Mais la vraie histoire commence à l'hôpital : ses cris, la douleur, les encouragements de mon père, elle pousse, je ne veux pas aller jouer dehors, ses cris, elle pousse, elle a mal, je lui fais mal, son cœur qui fait faux bond, le médecin inquiet, la petite fenêtre qu'il ouvre pour moi sur le ventre de maman, moi qui gigote et elle qui ne bouge plus.

Le passage que je préfère, c'est la suite : elle s'est mise à flotter au-dessus de son corps comme un cerf-volant au bout de sa corde. En même temps, elle voyait les médecins s'agiter autour d'elle, l'infirmière qui m'amenait ailleurs et l'horreur dans les yeux de mon père. Une fois au plafond, c'est comme si, allumant le poste de télévision, elle était tombée sur un film relatant les derniers moments de sa vie. En bas, on essayait de la réanimer mais le bonheur semblait là-haut. Elle était attirée dans un grand tunnel lumineux, couleur de lait dans un bol de chat. Des visages familiers lui souriaient avec douceur. Chaque fois, elle me répétait : « J'ai vu le chemin qu'il faut suivre pour aller tranquillement à la mort et j'étais heureuse. J'avais envie de rester là-bas, mais j'ai choisi de revenir parce que tu m'attendais. Je voulais être là pour toi. » Jamais je n'ai vu sur ses lèvres un sourire aussi beau qu'à ces moments-là.

La première fois où je suis né, ça s'est passé à peu près comme ça.

Cette journée a changé ma mère pour le reste de ses jours. C'est à partir de ce moment que sa santé a foutu le camp. Chaque jour, ma mère malade s'étendait lentement sur son lit comme on étend de la confiture sur une tranche de pain blanc. Elle pouvait y rester des heures. Quand elle ne dormait pas, j'aimais me coucher près d'elle et l'entendre parler de sa vie d'avant moi. Elle racontait toutes sortes d'espiègleries, de mauvais tours, de folies en riant joyeusement. C'était le temps où sa vie était légère, comme elle disait. C'est de cette manière que j'ai appris que la vie a un poids et que la sienne pesait parfois drôlement lourd sur son cœur fatigué.

Pourtant, jamais je ne l'ai vue se plaindre. Elle semblait au contraire savourer chaque instant. Ça aussi c'était quelque chose qu'elle ne faisait pas dans sa vie d'avant. Le matin, au déjeuner, il suffisait que le soleil illumine la cuisine pour que ses yeux s'allument et qu'elle lève son verre de jus d'orange en s'exclamant : « À la célébration de la vie ! » Elle et papa avaient l'air tellement heureux que parfois je faisais comme eux avec ce que j'avais dans les mains et je portais moi aussi « une toast » à la vie.

Pendant des années, elle fut ma maman à petit feu, maman à petits pas, petite maman au souffle court et aux gestes lents. Il n'y avait rien de démesuré en elle sinon l'amour dont elle m'enveloppait et celui qu'elle avait pour papa. Je ne l'ai jamais connue en santé. La plupart du temps, ça ne me dérangeait pas vraiment. J'avais appris à jouer en faisant moins de bruit quand elle dormait et à la laisser flotter dans ses pensées quand ses yeux semblaient fixer quelque chose qui m'était invisible.

Puis, il y a plus d'un an, elle s'est mise à fondre comme *popsicle* au soleil. Même son sourire rapetissait. En deux mots, avant que je naisse, maman me portait dans son ventre. Après, chaque fois qu'elle était trop faible pour me prendre dans ses bras, elle disait que ce n'était pas grave car elle me portait dans son cœur. Mais un jour, le sien est devenu tellement malade qu'il fallait lui greffer celui de quelqu'un d'autre. Ça m'inquiétait pas mal. Je me disais : elle me portera où, moi, quand on aura jeté son cœur à la poubelle ? Papa m'a expliqué qu'il ne fallait pas que je m'en fasse, que les médecins cherchaient un cœur assez petit pour prendre place entre les côtes de maman et assez grand pour nous porter tous les deux, lui et moi.

J'aurais dû me douter que ce serait difficile à trouver. Pendant toute une année, on a attendu sur la liste. Les médecins ont déniché quelques cœurs ici et là et les ont donnés à ceux qui pouvaient les recevoir. Mais pour ma mère, rien.

Tout le monde était de plus en plus effrayé de la voir dépérir ainsi. Tout le monde sauf elle. Jusqu'à hier, maman avait l'habitude de dire que la mort est un animal sauvage qu'il faut apprivoiser pour cesser d'en avoir peur. Je ne comprenais pas tout à fait ce que ça signifiait mais, souvent, je rêvais que des loups venaient lui lécher les orteils dans la nuit pour la chatouiller et lui jouer des tours.

Il y a quelques semaines, le rêve s'est transformé. Les loups étaient toujours présents et ils profitaient de plus en plus du sommeil parfois interminable de ma mère pour lui grignoter des restes de vie. Je n'aimais pas ça.

Puisqu'il ne semblait pas y avoir de cœur pour elle, maman a décidé de ne pas aller à l'hôpital et de demeurer à la maison. Comme elle allait de plus en plus mal, ma tante Marie est venue vivre avec nous. Mon père et elle veillaient ma mère à tour de rôle. Parfois, à bout de forces, ils s'étendaient sur le divan du salon ou sur un lit, mais je sais qu'ils ne dormaient pas beaucoup. Je les entendais gémir à voix basse comme une petite bête blessée. Ils avaient tellement l'air épuisés que je leur ai proposé de veiller maman moi aussi pour qu'ils se reposent un peu. Ma tante m'a souri gentiment. En me serrant fort dans ses bras elle a murmuré : « Est-ce que tu comprends ce qui arrive, mon chaton ? » Je ne sais même pas pourquoi elle a posé la question. Je comprends

mieux que tout le monde ce qui se passe quand ma mère
meurt.

Hier matin, le médecin est venu. Les nouvelles
n'étaient pas bonnes. Il a dit qu'il n'y avait plus rien à
faire dans la vie pour la délivrer de la mort; qu'il n'y
avait que la mort qui arriverait à la délivrer de la maigre
petite vie qu'il lui restait. Je n'avais pas besoin de lui
pour deviner ça. Il suffisait de la regarder se tasser sur
elle-même de jour en jour pour le savoir. De toute
façon, j'entendais les adultes autour de moi chuchoter
qu'elle n'en avait plus pour longtemps. Ça m'énervait.
Qu'est-ce que ça veut dire, longtemps? C'est un mot qui
s'étire autant qu'un élastique. C'était comment long
pour toi, maman, quand tu râlais dans ton sommeil?
Aussi court que pour les autres qui n'en pouvaient plus
de voir ta vie s'effilocher comme un vieux bout de laine?
Aussi long que j'aurais voulu que ce soit, moi?

En pleurant sur l'épaule de ma tante, mon père a dit:
— Il faudrait qu'elle lâche prise, qu'elle abandonne.
J'aimerais qu'elle parte sereinement, sans souffrir. Je
n'en peux plus de la voir s'accrocher.

Ma tante Marie lui a répondu qu'il fallait comprendre maman.

— Il n'y a pas de mode d'emploi pour mourir. Chacun fait comme il peut, mais personne ne sait vraiment
comment s'y prendre.

Elle avait tort. Et je ne voulais pas que ma mère
souffre.

Je suis monté sans rien dire dans sa chambre. Elle
était repliée sur elle-même, couchée sur le côté dans le
lit qui avait l'air beaucoup trop grand pour elle. J'ai

soulevé le drap qui la recouvrait ; elle était tellement maigre, tellement délicate.

Alors, j'ai donné plein de baisers sur son visage crispé et je lui ai soufflé à l'oreille :

— Maman, raconte-moi quand t'étais morte. Rappelle-toi, le cœur qui s'endort, comment tu joues au cerf-volant, le tunnel blanc comme le lait, les gens que tu as aimés qui te sourient et toi qui es si heureuse…

Elle a ouvert les yeux subitement et m'a regardé d'un air soulagé. Petit à petit, son visage s'est détendu. Son souffle s'est apaisé et sa respiration est devenue de plus en plus lente. Elle était si légère, je savais qu'elle n'aurait pas de mal à s'envoler. Et elle est morte. Encore une fois. J'ai hurlé à m'en déchirer la gorge en me jetant sur le grand lit. Ensuite, j'ai décidé de renaître par moi-même. J'ai voulu venir au monde à nouveau, faire comme la fois d'avant pour qu'au moins dans ma tête je puisse l'entendre dire : « Je veux être là pour toi. »

Hier, dehors, les nuages étaient lourds et gris comme des pierres.

Davidsbündlertänze, opus 6

CHEVELURE NOIRE, smoking noir et juste assez de noir sous les yeux pour donner le ton qu'il faut à ce récital de musique romantique. Le pianiste dépose ses mains sur les touches de l'instrument. Dans une seconde, les sons flotteront dans l'air comme des plumes d'oiseau.

Elle aussi, vêtue de noir. Aussi belle qu'une journée de printemps dans le plein de l'hiver. Les hommes qui occupent les sièges près du sien n'ont pu faire autrement que de lever les yeux vers elle quand elle est arrivée. Elle l'a remarqué. Ça l'a fait sourire.

Le concert commence. Les mains sautillent avec agilité sur le clavier. On croirait voir une danse d'échassiers gracieux en pleine parade nuptiale. Elle ferme les yeux. Ses doigts à elle bougent nerveusement sur le volant de son automobile. Elle attend l'homme, le midi, à la sortie de son travail. Elle rit d'elle-même, de ses comportements d'adolescente attardée. Juste suivre son cœur. Arrêter de réfléchir. Les mains de l'artiste dessinent maintenant des accords de tourmente. Elle ne sait pas s'il sortira. S'il voudra la revoir. Si cette éventuelle rencontre suffira à laver la fatigue qu'ils ont accumulée en essayant de ne plus penser à l'autre depuis les mille dernières années.

Il apparaît enfin. Il est seul. Elle roule à côté de lui près du trottoir. Il s'arrête et l'aperçoit. Il porte la main à son cœur. Un colibri bat des ailes au-dessus des touches. Le trille est parfait. Un deuxième vient le rejoindre et butine quelques bémols juste à côté. L'homme ouvre la portière et s'assoit près d'elle. Les notes crépitent comme du verre qui éclate en petits morceaux. Elle ouvre les yeux à nouveau et regarde le programme : *Les danses font continuellement alterner la joie et la douleur, l'exubérance et la mélancolie, la certitude et le doute,* dit le texte de présentation de l'œuvre. Décidément, elle aime Schumann et ceux qui rédigent les notes de programme. Ce sont les mots parfaits qu'elle aurait choisis pour décrire les premiers instants de cette rencontre faussement improvisée. Les émotions se bousculent, pare-chocs à pare-chocs, et les paroles viennent à peine. « Qu'est-ce que tu fais là ? » « De l'observation d'oiseaux », répond-elle. Ils n'ont même pas une heure devant eux. Tantôt c'est la vraie vie qui recommence. Toujours.

Elle roule jusqu'au resto le plus proche. Le pianiste se penche au-dessus du clavier. Son index martèle la même note à répétition. Un grand pic s'acharne sur une touche de bois noir. Deux corps, de chaque côté d'une table, sont si inclinés l'un vers l'autre qu'ils forment une bulle d'intimité impénétrable pour le serveur qui attend. Quelques mots tendres entre eux. Les mêmes qui conviennent aux deux. Leur vocabulaire est soudainement restreint et ils s'empruntent les compliments, les questions, les réponses, les silences.

Petite pause entre une danse et une autre. Les doigts du pianiste vont et viennent avec le synchronisme parfait d'une bande de bruants des neiges en vol. Arrêt, départ, arrêt, changement de direction. C'est l'heure. Il est en retard. Ils repartent. Elle roule vers le même trottoir. Dans deux minutes, il ne restera que l'odeur de son parfum dans la voiture. Ils se regardent autant qu'ils le peuvent. « Arrête l'auto. Je veux te prendre dans mes bras avant qu'on se quitte. » Elle freine. La ruelle est sordide. Bâtiments sales, arrières de commerces désaffectés, poubelles qui débordent. Ils ne voient rien. Ils sortent tous les deux du véhicule. Elle s'approche. Son souffle le touche. Encore une fois, une bulle autour d'eux, impénétrable pour la laideur du monde aux aguets. Ils se bercent l'un et l'autre. La bouche dans les cheveux. On dirait des oiseaux qui se lissent les plumes.

La foule est ravie et applaudit énergiquement. Le pianiste salue d'un geste gracieux et s'enfuit en coulisses. C'est l'entracte. Elle descend dans le hall de la salle de concert. Un visage connu lui sourit. Son médecin. Arrêt obligatoire. Il l'aborde en disant :

— Il est bon Haefliger, non ?

— Qui ?

— Andreas Haefliger, le pianiste ! Vous n'êtes pas d'accord ?

— Oui, oui, fait-elle distraitement.

— Peut-être un peu d'excès dans l'utilisation de la pédale, par contre.

— Peut-être, en effet. Peut-être.

Elle s'esquive dans la foule. Cherche la sortie. Dehors, l'air frais lui donne le goût de respirer un grand coup.

S'il était là, ce soir, devant elle, aucune réserve face aux
excès ne pourrait tenir. Elle marche d'un pas rapide
jusqu'à l'auto. Elle s'assoit, ouvre la fenêtre et démarre.
D'accord, elle est une adolescente attardée. Et puis
après? Elle roule jusqu'à l'autre quartier. Celui des
chiens sans médaille et des chats noir et blanc, tigrés ou
trois couleurs, qui ne s'interrogent pas à chaque instant
de vie et à qui la survie a appris la valeur de l'abandon.
Elle refait le même chemin. La ruelle est encore plus
sordide dans la nuit fauve. Elle retrouve sans effort
l'endroit exact de leur étreinte. Elle ferme les yeux pour
la centième fois. Elle se berce. Les oiseaux qui se lissent
les plumes. Elle présente sa bouche. Leurs lèvres se
touchent à peine. Juste assez pour qu'elle entende un
son qui ne lui était plus familier. Une sensation sous le
sein gauche qu'elle n'a pas connue depuis longtemps. Le
cœur qui se remet à battre et qui cogne jusque dans ses
côtes. Elle est vivante.

Alors, elle rit à haute voix. Et à cet instant, elle jure-
rait que des oiseaux dansent au-dessus de sa tête dans la
ruelle et qu'elle entend du Schumann qui s'échappe par
les fenêtres sales des édifices.

Les mots avec des ailes

É TALE. C'est le mot qu'il cherchait. Étale comme la mer quand elle est calme, la mort quand elle est douce ou l'amour quand il a vieilli et qu'il ne soulève plus qu'une égale tendresse.

Pendant un instant, il se demanda si le bonheur pouvait être étale, mais il se ravisa aussitôt. Pour lui, le bonheur ne pouvait exister que dans la mouvance des émotions, des élans des cœurs ou des corps. Non dans la fixité des choses. Il savait que l'on peut connaître des moments d'une rare intensité sans même battre des cils. Des instants de joie inexprimable où le corps est parfaitement immobile. Il se souvenait toutefois trop bien du vacarme intérieur que fait le cœur à ce moment-là. Non. Le bonheur n'est pas étale. Et c'était bien le mot juste qu'il s'efforçait de trouver. Il l'écrivit en lettres détachées, aussi appliqué à cette simple tâche qu'un écolier studieux.

Il se posait souvent des tas de questions à propos d'un mot ou d'un autre. Il avait beau les avoir entendus auparavant, les avoir prononcés cent fois déjà, pour lui, les mots ne devenaient réels que quand il les écrivait, lentement, sur une feuille. Il les alignait alors minutieusement, les uns en dessous des autres. Ensuite, il les lisait fièrement en scrutant attentivement chaque lettre. Parfois, il lui arrivait de les compter comme un avare le fait avec son butin.

Il avait ses préférés, pour des raisons diverses. « Trouble » et « embrouillé » lui semblaient des adjectifs francs, sans faux-fuyants. Il avait l'impression que l'on savait à quoi s'en tenir juste à les entendre ou à les prononcer. Rien de mielleux ni de gentil dans ces *r* qui roulent dans la bouche telles de petites pierres acérées déboulant d'un cap au-dessus de nos têtes. À n'en pas douter, « trouble » et « embrouillé » étaient proches parents de « pétrin ». Il aimait aussi la sonorité molle et ondoyante de « désolante ». À ses yeux, si ce mot avait été une personne, il aurait eu le dos un peu voûté, les épaules arrondies et la tête légèrement penchée vers l'avant, comme lorsque l'on a quelque chose à se faire pardonner.

D'autres mots le laissaient perplexe. Par exemple, il avait été étonné de la définition de « non-dit » que donnait le *Petit Larousse*: *n.m. Ce que l'on évite de dire, ce que l'on tait, en général de manière délibérée.* Vraiment trop simple. Presque anodin. Ses non-dits à lui étaient beaucoup plus lourds à porter. Plus douloureux aussi. Les linguistes du dictionnaire ne semblaient pas avoir compris qu'avec le temps, plus ce que l'on tait grandit, plus le cœur rapetisse. Sa définition à lui aurait été tout autre : Non-dit : animal sournois qui fait son nid à l'intérieur de soi et nous gruge par en dedans jusqu'à ce qu'on ne sache plus vraiment comment s'en débarrasser.

Depuis longtemps il cherchait le moyen de mater la bête. Il avait enfin trouvé. Rien de facile ni de joyeux dans tout cela, seulement un long et fastidieux travail jusqu'à la libération attendue. Le résultat était là, sous ses yeux. Il en était à la fois fier et triste. Épuisé et soulagé.

Il ramassa les nombreuses feuilles étalées devant lui et courut voir Charles, son professeur, son ami, qui avait promis de lui donner un coup de main le moment venu. Quelques heures plus tard, il rentra chez lui. Il sortit du placard un grand sac de toile et y empila soigneusement quelques vêtements et des effets personnels. Ensuite, il fit sans hâte le tour de chaque pièce. Il n'aurait pu dire si c'était pour vérifier qu'il n'avait rien oublié ou s'il cherchait à s'imprégner des odeurs et de l'atmosphère de la chambre, du salon et de la cuisine. Il avait beau prendre son temps, cela ne dura que quelques secondes tant le logement était petit. Après, il déposa sur la table une enveloppe à l'intention de sa femme. Il préférait partir avant qu'elle revienne. Il prit une grande inspiration, releva la tête, puis sortit.

Tout était dans l'enveloppe. L'avant. L'après. Le pourquoi. Le comment. La bête terrassée. Il savait qu'elle comprendrait.

Chère amour
Une lettre de moi. Ma première. Inespérée comme un enfant que l'on n'attendait plus. J'ai mis deux ans quatre mois et toute ma vie d'avant pour l'écrire. Des dizaines de dizaines de semaines à laisser monter les idées dans ma tête le cerveau inondé par trop de questions cherchant quelques réponses pareil à un noyé qui cherche son air. Des centaines d'heures à faire des grandes battues dans le dictionnaire pour trouver dans la forêt de mots qui s'y trouvent ceux qui me manquent depuis l'enfance et qu'il me fallait pour te parler.

Tu l'as sûrement déjà remarqué tu devras te passer des virgules. Mon professeur qui a corrigé cette lettre m'a suggéré d'en mettre un peu partout car ces petites bêtes-là sont comme des pauses dans le texte. Je lui ai répondu que ce n'était pas nécessaire. Ce que j'ai à dire est trop pressant. Pas le temps de faire des pauses. Depuis longtemps je garde tout pour moi. Avec les années mes non-dits sont devenus des grosses taches d'ombre qui m'envahissent par en dedans. J'ai envie de faire la lumière pour chasser l'ombre au dehors. Tu n'auras pas besoin de me deviner cette fois. Il n'y a rien à lire entre les lignes.

Quand j'étais petit je me trouvais grand pour mon âge. Depuis que je suis grand je me trouve pas mal moyen. Moyen comme dans Ordinaire. Avec un O majuscule. Drabe. Bon gars. Ben fin. Mais aussi fade qu'une soupe sans sel. Même quand j'étais un enfant en culottes courtes je me faisais penser à une bouteille de 7up ouverte qui traîne sur le comptoir depuis une semaine. Pas beaucoup de pétillant dans mes yeux ni dans ma vie. Je m'appliquais à être gentil pour attirer vers moi un peu d'attention que je ne croyais pas vraiment mériter autrement. Le reste du temps j'apprenais à devenir transparent de manière à être invisible quand je longeais les murs.

Je connais la raison de tout cela. Avant les mots se sauvaient de moi comme si j'avais la peste. Chaque fois que j'en avais besoin j'avais l'impression d'essayer d'attraper avec mes mains un oiseau en plein vol. J'ai appris à me méfier d'eux quand j'étais à l'école primaire. Ils me faisaient peur. Ils me faisaient mal. Chaque mot que je ne comprenais pas était comme une claque dans la face. Une insulte. Même avec les lettres c'était compliqué. Regarde c'est simple la petite barre est par en haut pas par en bas le b a une bedaine le q a une longue queue et le W majuscule a l'air d'un papillon posé avec les ailes vers le ciel quand tu le regardes de loin. Au bout d'un moment ça s'embrouillait dans ma tête j'avais chaud j'avais peur les q avaient une bedaine avec une barre par en haut et j'avais rien que l'envie de m'enfuir sur les ailes du W le plus loin possible de la classe.

J'ai quitté l'école aussi vite que j'ai pu. J'ai changé de statut social. Je n'étais plus un trouble grave d'apprentissage mais une statistique désolante dont on parle une fois ou deux par année aux nouvelles. J'ai trouvé le moyen de me défiler chaque fois qu'il fallait lire ou écrire. Avoir peur d'avoir honte rend créatif. On s'invente des lunettes oubliées, des stylos égarés ou des yeux fatigués qui ne lisent pas les caractères trop petits.

J'ai longtemps cru que les mots que je n'avais pas appris par la lecture ou l'écriture ne me manquaient pas et que je pouvais très bien me faire comprendre sans eux. Le problème c'est que s'exprimer quand on n'a pas assez de mots c'est comme essayer de bâtir une maison avec trois outils. Le plan a beau être clair dans ta tête à la fin ça ne ressemble jamais à ce que tu avais imaginé. À la longue l'ambition rapetisse. Tu te contentes de moins. La grande demeure luxueuse dont tu rêvais se transforme en cabanon de fond de cour. C'est pour ça que le mot analphabète est le plus triste de la langue française.

Heureusement tu es arrivée dans ma vie. Tu m'acceptais tel que j'étais. Pas une fois j'ai senti un préjugé de ta part. Un jour tu m'as dit en souriant que tu n'avais rien à faire des beaux parleurs. C'étaient les paroles les plus douces que j'aie jamais entendues. À cause de toi je me suis mis à croire que le bonheur n'était pas fait que pour les autres. Comme mes rêves étaient trop étroits pour que j'habite dedans j'ai emprunté les tiens. Tu rêvais bien assez pour deux de toute façon. Tu voulais que l'on vive ensemble. J'étais d'accord. Tu voulais décorer l'appartement et je me suis fié à ton bon goût. Tu tenais les comptes. Tu faisais l'épicerie. Tu avais toujours des projets de vacances intéressants malgré notre budget trop maigre. Chaque fois je disais oui. En fait j'acceptais tout ce que tu proposais.

On a fini par se tricoter des habitudes dont on ne sait plus se débarrasser. Ça tient au chaud les habitudes. Pour un temps en tout cas. Mais maintenant j'ai l'impression que le chandail est trop petit pour moi. Ça me serre la gorge. J'ai besoin d'air. De mon air.

Depuis longtemps tu as un peu beaucoup géré ma vie. C'est correct. Je ne te reproche rien. Au fond c'est ce que je voulais. Quand ça ne me plaisait pas j'avais rien qu'à dire mon mot. Mais c'est ce qui a toujours été compliqué pour moi : dire mon mot. Dire les mots. Les extirper de ma poitrine. Tirer dessus de toutes mes forces jusqu'à ce qu'ils sortent enfin de ma bouche sans que j'aie peur de les voir s'écraser à mes pieds avant d'avoir rejoint quelqu'un.

Ma vie ressemblait à ça jusqu'à ce que je m'inscrive à mes cours de français il y a un peu plus de deux ans. Depuis il t'arrive souvent de me faire remarquer que j'ai changé. Tu as raison. J'ai changé plus que je ne le croyais moi-même. En apprenant à lire et à écrire j'ai réalisé que les mots sont des miroirs. Quand on les regarde comme il faut on peut se voir dedans. À force de les aligner péniblement les uns après les autres sur une feuille et de les retourner dans tous les sens dans ma tête j'en suis venu à mieux me comprendre. Une chose est claire maintenant. J'ai besoin de me défendre seul sans que tu t'interposes entre la vie et moi. Je préfère me tromper avec mes mots à moi qu'avoir raison avec les tiens.

Je ne suis plus l'homme que tu as connu et quand nous sommes ensemble je n'arrive pas à devenir celui que je veux être. Alors je m'en vais vivre ailleurs pendant un bout de temps. Le frère de mon prof Charles part travailler en Afrique jusqu'à l'été et tout est arrangé. Je vais habiter chez lui gratuitement en échange de quelques travaux de rénovation. Ça me laisse cinq ou six mois pour essayer de m'aimer autant que je t'aime. Tu vois tu n'as pas à avoir peur. Je ne te quitte pas pour retrouver quelqu'un d'autre sinon moi-même. Moi-même lisant un livre de recettes un journal une carte géographique le livre d'instructions de l'appareil vidéo un dépliant publicitaire le dictionnaire ou je ne sais quoi.

J'ai le cœur gros de te laisser même si c'est juste un certain temps. Une des choses dont je m'ennuierai le plus c'est de te regarder dormir quand tu rêves que tu voles. On dirait une enfant heureuse qui vient de découvrir la formule magique qui rend plus léger que l'air. Chaque fois je t'imagine prenant ton envol. Tu frôles une talle de mélèzes et les fleurs d'un champ étale comme un oiseau agité fier de sa liberté. Plus loin tu croises des bêtes sauvages inventées par toi avant que tes ailes complices des courants d'air te portent à perte de vue de mon imaginaire.

Toutes les fois je te regarde avec admiration. Mes pieds lourds cloués au sol je me rends compte que je t'aime autant pour ce que tu es dans la vie que pour ce que tu es dans tes rêves.

Mais le jour où je reviendrai à la maison je ne serai plus jamais spectateur de ton sommeil ni de notre vie à deux. Maintenant les noms les verbes les adjectifs les adverbes et tout le reste ne me fuient plus. Je peux voler de mes propres mots. Et quand je l'aurai fait assez longtemps pour fortifier mes ailes j'irai te rejoindre dans tes rêves.

Leçon de géographie

Il PARLE TOUT BAS. Il a sa voix des secrets.
— La ligne parfaite de ton épaule est douce à l'œil comme Charlevoix en automne.

Sa voix s'embrume un peu. Le trouble que suscite en lui la peau ambrée d'Anouk semble jeter un voile sur ses mots.

— Tes hanches fraîches me font penser aux dunes des îles de la Madeleine. On dirait que le vent, à bout de forces, a soufflé sur ton corps brûlant pour en sculpter l'arrondi. Ton dos, c'est l'immensité lisse du paysage à Notre-Dame-du-Portage lorsque la beauté changeante du ciel nous laisse un sentiment de béatitude.

Pour l'heure, ni l'un ni l'autre ne bougent. Pierre-Yves essaie tant qu'il le peut de contenir l'élan qui le poussera à l'étreinte. Parfois, il ne voudrait la toucher que par ses paroles. Anouk reste étendue, silencieuse. Elle ne s'étonne plus de ces envolées verbales. Pierre-Yves est un homme de lettres, aussi habile à jouer avec les mots qu'avec les émotions des femmes. Il arrive qu'elle le préfère ainsi : admiratif, immobile. Certains soirs par contre, elle voudrait que l'événement se vive

dans l'urgence, en allant droit au but. Elle sait bien que
le résultat est toujours le même, de toute façon.

– Tes yeux ouverts sur le monde, c'est Montréal. Ta
bouche… il hésite un instant. Ta bouche c'est Québec,
dit-il, fier de sa trouvaille. Il n'y a pas une ville plus
exquise que Québec.
  Pour appuyer ses paroles, il frôle de sa langue les
lèvres d'Anouk.

– Ton ventre, c'est la vallée du Saint-Laurent, riche,
plane, fertile. Au milieu, ton nombril, c'est le lac
Saint-Jean.
  Anouk le regarde, un peu surprise des problèmes
d'orientation qu'il semble éprouver.
  – Je sais, le lac Saint-Jean n'est pas dans la vallée du
Saint-Laurent, mais c'est parce que le Québec est impar-
fait. S'il était aussi bien fait que toi, c'est là qu'il serait le
lac, réplique Pierre-Yves sans se démonter.

  Paresseusement, sa main aboutit sur le fjord du
Saguenay : la majestueuse chute de reins d'Anouk.

  – Tes seins ont le galbe gracieux des montagnes de
l'Estrie. Regarde, tes mamelons s'animent et éclosent,
fiers et droits comme une offrande. Ils sont doux au
toucher, pareils aux bourgeons tendres et pleins de promesses du printemps. Je vois bien que tu aimes ça même
si tu restes muette.
  À son tour, il plonge dans le silence pendant un long
moment, laissant simplement ses mains dériver sur le
corps d'Anouk, comme les glaces au printemps sur une

rivière tourmentée. Et puis il se reprend, plus empressé qu'avant.

– Les montagnes parfaites du mont Albert et du mont Jacques-Cartier, ce sont tes fesses. Au milieu, il y a le chemin qui mène à la baie des Chaleurs. Les mains tièdes de l'homme escaladent les Chic-Chocs. Il n'a pas tort. Elle a chaud. Il faudrait des mains plus fraîches pour apaiser la brûlure. Des mains de glace pour sa fièvre.

Le souffle d'Anouk s'emballe, malgré elle. Parfois son bassin se soulève légèrement à mesure que les doigts de Pierre-Yves tracent leur chemin sur la carte géographique de son corps.

– Laisse-toi faire, ma belle, c'est un jeu d'amoureux. T'as rien à faire pour m'éblouir. Tes jambes sont des terres sauvages où rien encore n'a été dompté. La gauche c'est la côte nord, pleine de richesses. La droite c'est la côte sud, et ta cuisse est plus invitante que la Gaspésie. Entre les deux: le fleuve, qui me fait peur autant qu'il m'attire. Parfois, par temps calme, le vent en caresse la surface et y laisse un frisson de nacre. Mais moi, je veux ton fleuve quand il devient la mer; le courant, les grandes marées, les odeurs qui saoulent, les remous profonds à perte de vie. C'est là où je veux me noyer.

Pierre-Yves pose sa langue sur le sexe tendre d'Anouk. Il ferait de même s'il voulait avaler le fleuve d'un trait. Quelques instants plus tard, il se redresse et lui souffle d'une voix emportée par l'excitation:

– Il n'y a personne de mieux que toi pour faire aimer le Québec à un homme.

Puis il plonge vigoureusement son sexe dans celui d'Anouk.

— J'ai raison, non?

Anouk reste muette.

— Réponds! Pas vrai que j'ai raison?

— Oui, papa.

Tacet

Les quelques notes consignées au dossier ne laissaient rien présager de trop réjouissant.

EDDY LE FRANÇOIS

Transféré le 17 septembre de l'Hôtel-Dieu. Fonctions motrices très affectées. Peu de progrès depuis le début de la réadaptation, mais possibilité de récupération partielle d'après les résultats de la TACO et de l'angiographie. Paralysie récurrentielle sévère des cordes vocales, séquelle de l'intubation. Fonctions cognitives intactes, mais troubles de l'humeur depuis l'accident cérébrovasculaire.

Et puis, en gros traits hachurés, ces mots visiblement écrits d'une main nerveuse par une infirmière excédée :

PATIENT DIFFICILE !

Pour son premier matin de bénévolat, Agnès n'aurait pu trouver meilleur test pour éprouver sa charité chrétienne. Cette vertu, héritée de ses parents comme tant d'autres valeurs, était si solidement ancrée en elle qu'elle ne pouvait imaginer que la bonté ne puisse venir à bout du patient le plus récalcitrant. Armée de bonne volonté et du charme que lui conféraient sa naïveté et la blondeur de ses vingt ans, la jeune femme se dirigea donc d'un pas alerte dans les couloirs du centre gériatrique jusqu'à la chambre 306.

Mixolydien : 2-4, 1-2-4 déplacement 1-2-4, 1-3 déplacement 1-3...

— Bonjour, monsieur Le François, on va bien ce matin?

Tiens... Les troupes d'occupation envoient des forces fraîches pour envahir mon territoire. T'as beau être jolie, tu vas devoir travailler fort pour que je me rende à l'ennemi.

— Je suis une nouvelle bénévole! Je viens m'occuper de vous un peu.

J'veux la paix, fille. Juste la paix. Va faire ta gentille ailleurs.

... 1-2-4, 1-3-4 et je redescends.

Agnès prit le plateau contenant le déjeuner d'Eddy et s'installa près de sa chaise pour le faire manger. Celui-ci la regarda d'un air buté, les lèvres serrées sur son impatience grandissante. Elle eut beau approcher la cuillère de ses lèvres, l'homme resta impassible.

— Le p'tit monsieur y veut pas faire un p'tit effort pour manger sa p'tite purée?

Elle doit avoir exactement cette voix-là quand elle parle à son chien en entrant chez elle.

Le p'tit monsieur y t'envoye chier. C'est pas parce que j'ai l'air de Jean-Paul II sur ses derniers milles que j'suis un vieux sénile. Parle-moi comme du monde, crisse.

— Allez, allez, mangez un peu. Vous avez besoin de toutes vos forces pour récupérer. On va faire ça ensemble, lentement.

De mauvaise grâce, Eddy consentit à ouvrir légèrement la bouche. La bénévole lui proposa à nouveau une première bouchée.

– Oups! On va l'essuyer; ça déborde. On a de la misère, hein!

On? Parce que toi aussi ça t'arrive de sentir la nourriture couler sur ton menton sans pouvoir rien faire? Toi aussi t'avais une bombe à retardement dans la tête qui a fait de toi un poids mort et inutile quand elle a explosé?

Lentement, Eddy avalait la nourriture molle et sans saveur préparée à son intention en essayant de penser à autre chose.

Dorien: 2-4, extension 1-2-4, 1-2-4, 1-2-4 déplacement...

– Vous grognez toujours comme ça en mangeant? demanda Agnès en souriant pour le taquiner.

Non. Seulement quand on me fait perdre le fil de mes idées. Maintenant, tacet. Ferme-la.

... 1-2-4 déplacement 1-3-4, 2-4, 1-2-4 et l'inverse.

Malgré l'humeur bougonne de l'homme, Agnès ne se démonta pas. Patiemment, avec toute la gentillesse et la douceur qu'elle pouvait y mettre, elle lui fit ingurgiter son déjeuner jusqu'à la dernière bouchée. Pour lui manifester sa compassion, elle dit maladroitement:

– Vous savez, je comprends ce que vous pouvez ressentir. Moi aussi il m'arrive parfois de vivre une mauvaise passe.

Merci pour ta sollicitude, pauvre idiote. Mais être incapable de parler, de marcher, de lever le bras ou de tenir un objet dans ses mains, ce n'est pas vraiment ce que j'appellerais « une mauvaise passe ».

Après avoir rangé le plateau sur le meuble près du lit, Agnès nettoya le contour de la bouche d'Eddy en cherchant une façon de lui changer les idées. Elle leva les yeux vers un objet qui avait attiré son attention en entrant dans la pièce.

— Oh! Je voulais vous dire, ça fait très joli la guitare dans le coin de la chambre.

C'est pas pour faire joli, c'est pour faire du bien. C'est mon seul trésor, ma première et ma dernière maîtresse. C'est ma doudou à moi, ça me rassure de l'avoir au bout du regard. Les autres vieux ont des crucifix dans leur chambre pour apaiser leurs angoisses. Moi, j'ai ma guitare.

— C'est un peu surprenant ici mais c'est quand même une bonne idée de décoration, je trouve.

Toi, les lèvres rouges dans ta face, c'est de la décoration ou si ça peut servir à dire des affaires intelligentes?

— Quand j'étais jeune, j'ai appris la guitare par moi-même pendant deux ou trois mois. Je rêvais de devenir musicienne mais j'ai vite abandonné l'idée parce que je trouvais que ça n'avait pas d'allure, enfin… dans le sens que… comme métier… vous comprenez ce que je veux dire?

Hmm. C'est juste de la décoration, les lèvres…

— Tiens! Je pourrais vous jouer un petit quelque chose, ça vous distrairait. Vous permettez?

NON!!!

— Ça fait tellement longtemps que je n'ai plus touché à une guitare! Je crois que je me rappelle seulement les *Jeux interdits* avec un doigt. Mais c'est au moins ça, lança Agnès avec bonne humeur.

Elle empoigna l'instrument et le déposa sur ses genoux. Puis, avec une maladresse peu commune, elle s'exécuta sous le regard découragé d'Eddy qui assistait impuissant au massacre. Consciente de ses erreurs, elle releva la tête en disant:

– Ça fait beaucoup de notes pour un seul doigt!

Ça fait beaucoup de conneries pour une seule bouche! Et puis, qu'est-ce que c'est que ce doigté d'imbécile à la main gauche! Cesse de glisser le doigt numéro 1 partout sur le manche: 4-2, extension 1 et 0. Commence par ça, au moins. C'est pas une grande œuvre, mais t'es pas obligée de la gâcher.

Imperméable aux invectives que lui adressait silencieusement Eddy, Agnès revint s'asseoir près de lui en gardant l'instrument dans ses mains.

– Belle guitare, fit-elle d'un ton admiratif. Elle a l'air d'une pas pire qualité.

Pas pire qualité? Alors tu dois être le genre à trouver que Bach, Miles Davis, Renoir ou Riopelle étaient des artistes pas pires. Pour ton information, cette beauté est une Martin D28. C'est un modèle Dreadnought de 1933. Dix ans plus vieille que moi et regarde: solide et fière comme un cuirassé. Touche le bois de rose du Brésil sur son dos et ses hanches, caresse la table d'harmonie en sapin blond, pose ta main gauche encore une fois sur le manche en acajou. Glisse les doigts sur la touche d'ébène en effleurant les flocons d'ivoire qui y sont incrustés et ça te passera à jamais le goût d'utiliser des euphémismes approximatifs, petite ignorante.

Puis, d'un ton faussement joyeux, la bénévole dit avec la meilleure des intentions:

– J'aimerais bien vous connaître un peu mieux, monsieur Le François. Savoir quelle était votre vie d'avant, comment vous entrevoyez la vie dans l'avenir, tout ça. Vous permettez que je vous pose des questions? Vous avez juste à faire oui ou non de la tête.

Non je n'te le permets pas. T'es attentive à rien. Si tu ne perçois même pas l'état dans lequel je me sens quand tu me parles aujourd'hui, comment peux-tu prétendre t'intéresser à ma vie d'avant ou à celle d'après? Tout à l'heure, quand tu as serré la guitare contre toi, tu n'as pas été foutue de remarquer qu'elle répond parfaitement à chaque geste de la main, aussi bien que le corps d'une femme sensible aux caresses d'un homme quand il donne le meilleur de lui-même; encore mieux que tu ne vibreras jamais quand ton chum dépose sa main sur ton sexe. Si au moins tu avais perçu la résonance sensuelle qu'elle transmet au ventre quand on la joue, tu aurais compris pourquoi elle est la seule raison pour laquelle je veux guérir. C'est pour elle que j'accepte de manger ta purée dégueulasse. C'est pour elle que je me tape tous les exercices qu'on me propose en physio, même quand j'ai envie de hurler parce que je ne suis pas capable d'en faire un convenablement. Elle est mon seul lien avec ce que tu appelles ma vie d'avant. Maintenant, fais de l'air! Va bénévoler ailleurs.

— Alors je commence. C'était quoi votre métier avant?

GUITARISTE, maudite épaisse! J'suis peut-être à peu près paralysé du bout des pieds jusqu'au bout de la langue, mais toi, t'es aveugle. Va-t'en.

— Vous avez une femme? Des enfants?

Arrête, petite conne.

Agnès avait beau multiplier les questions, Eddy refusait obstinément de faire le moindre mouvement de la tête qui puisse être interprété comme une réponse.

— Vous aimez les voyages?

Arrête, j'ai dit!

— Êtes-vous le genre d'homme pour qui bien manger est un plaisir de la vie?

Ta gueule! Je ne veux pas que tu cherches à connaître l'homme que j'étais. Ça me fait mal. Tu ne le vois pas dans mes yeux? Je n'ai plus rien à répondre parce que je ne suis plus rien de ce que j'ai été. J'ai perdu toutes mes identités, une à une. Je ne suis plus un amant depuis que ma femme m'a quitté il y a cinq ans. Je ne frémis plus de bonheur devant une bonne bouffe ou un bon vin depuis qu'on me nourrit à la petite cuillère. Je ne prendrai plus jamais plaisir à découvrir à pied les plus belles villes du monde puisque la maladie a coulé du ciment dans mes jambes. Tout ce qui me reste, c'est l'espoir de rejouer de la guitare. Je mets des heures chaque jour à repasser mes gammes dans ma tête pour me préparer à ce moment-là. D'ailleurs, c'est ce que j'ai de mieux à faire maintenant. Ça fait que décrisse, crisse!

Eddy ferma les yeux.

Mineur pentatonique: 4, 2-4, 1-4, 1-4, 2-4, 2-4.

Constatant le manque évident de collaboration de la part d'Eddy, Agnès se releva, cherchant une solution rapide pour alléger l'atmosphère.

— Bon. Je constate que vous n'avez pas trop le goût de la conversation. Je crois qu'on va vous faire un brin de toilette. Je me charge de tout. Restez là sans bouger.

Parce que tu crois que j'vais me mettre à courir?

Elle se dirigea vers les toilettes et en revint avec une brosse à cheveux. Bien qu'il sût que les muscles de son visage ne lui obéissaient pas comme il l'aurait voulu, Eddy lui adressa une moue qu'il espérait pleine de colère et de mépris.

— Voyons, voyons. C'est pour votre bien que je fais ça, laissa tomber Agnès en réponse à son allure renfrognée.

Conne.

Pendant un moment, elle s'appliqua à mettre de l'ordre dans les cheveux d'Eddy. Si l'homme avait pu prononcer à voix haute toutes les injures qu'il fomentait à l'intention de la jeune femme, elle aurait sûrement quitté la chambre en pleurant, se jurant de ne jamais y revenir. Il se surprit à penser que cela ne lui apporterait aucune peine ; seulement un immense soulagement.

— Bon. Vous commencez à avoir l'air d'un beau bonhomme, lui dit Agnès, fière de son geste.

Va chier, conne.

— Un peu de manucure, maintenant. J'ai remarqué que vos ongles de la main droite sont trop longs.

Eddy la regarda, inquiet. Quand il la vit sortir un coupe-ongles de son sac à main, il s'agita nerveusement sur sa chaise secouant la tête de gauche à droite, en espérant qu'elle comprenne pour une fois.

Arrête. Surtout pas ça. Arrête, je t'en prie.

On aurait dit une bête prise de panique qui se fait prendre la patte dans un piège.

— Cessez de grogner et de vous débattre, j'en ai seulement pour un moment, lança Agnès en lui prenant la main.

Soigneusement, elle lui tailla les ongles le plus ras possible, l'un après l'autre.

Non ! S'il te plaît, non !

— NON !

Le mot était sorti tout seul de la bouche d'Eddy. Une plainte molle et suppliante comme celles que l'on émet parfois dans son sommeil pour s'évader d'un mauvais rêve. Agnès releva la tête, surprise.

— Oh ! Je suis contente pour vous, fit-elle avec ravissement.

Eddy ne bougeait plus. Il ne s'était même pas rendu compte de ce qui avait causé l'étonnement de la jeune femme. La tête basse, il regardait avec tristesse les ongles de sa main droite, ses ongles de guitariste qu'il entretenait méticuleusement depuis plus de quarante ans pour que la sonorité soit parfaite quand ses doigts pinçaient les cordes de son instrument. Il ne pouvait détourner les yeux de cette main qui n'avait plus rien de singulier, maintenant. La main d'un homme ordinaire. Une main anonyme, destinée à aucun métier en particulier. Et à cet instant même, il eut l'impression d'être à jamais un vieil homme vulnérable et fini.

Déjà debout, la bénévole ne vit que ce qu'elle voulait voir dans le visage dévasté d'Eddy.

— Je dois filer, j'ai d'autres visites à faire. Mais je vous promets de revenir la semaine prochaine. Bye!

Agnès sortit promptement de la chambre. À peine avait-elle fait quelques pas dans le corridor qu'elle croisa l'infirmière-chef. Celle-ci lui demanda à voix basse:

— Alors, ça s'est bien passé avec le monsieur du 306?

— Super, répondit Agnès. J'ai même réussi à le faire parler à nouveau! Il en pleurait d'émotion.

Le grand cartable noir

RAPHAËLLE a une salopette qu'elle appelle une salade-de-pet parce que c'est plus drôle. Parfois, elle laisse traîner les bretelles derrière elle et ça fait une salade-de-pet-avec-des-oreilles-de-lapin et ça la fait rigoler. Ses passe-temps ne ressemblent pas toujours à ceux des autres fillettes de cinq ans. L'un d'eux consiste à regarder le soleil quelques instants, puis à fermer les yeux. Elle aime voir danser les petits oiseaux lumineux derrière ses paupières. Mais ce qu'elle préfère par-dessus tout, c'est feuilleter son grand cartable noir. Chaque fois, ça lui fait une curieuse impression qu'elle ne comprend pas très bien. Il lui faudrait utiliser des mots qu'elle ne connaît pas pour décrire ce qui se passe à l'intérieur. Des mots d'adultes. Et encore, elle n'est pas certaine qu'elle y arriverait parce que les adultes qui l'entourent n'ont pas l'air de se rendre compte de ce qui se passe dans sa tête d'enfant.

Ce qu'elle sait, elle, c'est que, quand elle plonge les yeux dans son cartable, ils se mouillent. Quand elle donne des bisous sur les pages, elle a envie de sourire. Alors Raphaëlle suppose que c'est comme tomber sur les genoux et recevoir une caresse sur son cœur en même temps. C'est comme avoir de la peine mais pleurer moins fort parce qu'on a le nez dans sa doudou. Sauf que les doudous, c'est pour les bébés. Elle, elle est grande. Et elle a son cartable. Alors, elle le traîne partout : dans l'autobus scolaire, la classe de maternelle, la cour de récréation. Parfois elle le tient serré sur sa poitrine et on dirait qu'elle n'a plus de nombril, plus de ventre, plus de cœur ; seulement un grand rectangle noir et vide à la place. Quand sa maîtresse d'école lui en a fait la remarque, Raphaëlle a répondu :

— C'est tant mieux. Ça cache toutes mes *épeurances*.

Ensuite, elle n'a plus ouvert la bouche de l'après-midi.

Raphaëlle n'aime pas qu'on lui parle de son cartable. Elle voit bien que ça dérange tout le monde, mais tout le monde ne voit pas combien ça la dérange, elle. C'est embarrassant, c'est lourd, ça l'empêche de courir comme elle veut et de jouer au ballon. Des fois, elle ne sait plus trop bien si c'est le cartable qui fait qu'elle ne s'amuse plus ou ce qu'il y a dedans. Mais tant pis. Pas question de s'en séparer. Pas question non plus de révéler aux autres ce qu'il contient. C'est un secret. Et un secret, ça ne se partage avec personne. Personne sauf sa mère. Et son père aussi, des fois. Elle voudrait leur en parler, mais ils ne le lui ont pas demandé.

Peut-être que ce soir, elle racontera son secret à son père. Euh non, à sa mère. Non, non. À son père. C'est une journée soleil alors c'est papa dans la maison jaune. Les journées cœur, c'est maman dans la maison rouge. Des fois il y a des journées spéciales où il n'y a ni soleil ni cœur. Alors, Raphaëlle va chez sa gardienne dans une maison toutes sortes de couleurs qu'elle n'aime pas beaucoup. C'est compliqué quand ça fait seulement deux semaines qu'on a deux maisons. Avant, il n'y en avait qu'une. C'était plus simple. Mais c'est pour les parents que c'est devenu tout emmêlé, il paraît. Alors ils ont inventé le système de couleurs, de soleil, de cœur et de deux chambres à coucher.

La cloche sonne. L'école est finie. Raphaëlle met son petit coupe-vent d'automne. Il faut aller faire la file dans la cour d'école mais sans courir parce que la maîtresse ne veut pas. C'est pour le grand autobus jaune. L'autobus colère. Ça fait trois jours que ses amis n'arrêtent pas de l'agacer à cause de son cartable et souvent elle se fâche. Au moins, le chauffeur est gentil. Il lui demande toujours la couleur de la maison où elle va. Chaque fois, il la fait descendre au bon endroit. C'est à croire qu'il comprend mieux qu'elle toute l'histoire des maisons de couleur.

Arrivée chez son père, elle tourne la poignée de la porte. C'est barré. Elle sonne. Pas de réponse. Elle court à la porte d'en arrière. Même chose. Elle ne comprend pas. Une *épeurance* commence à trotter dans sa tête comme une fourmi sur le dos d'une pomme. Elle s'assoit sur le bord du trottoir, devant la maison. C'est froid sous les fesses.

Raphaëlle essaie de penser à autre chose en regardant les pages de son cartable une après l'autre, après l'autre. Rien à faire. Il y a encore plus d'*épeurances* dans sa tête. Elle décide de jouer à son autre passe-temps favori. Elle regarde le ciel le temps de compter jusqu'à trois sur ses doigts, puis se ferme les yeux. Ça ne fonctionne pas. Les oiseaux sont partis danser ailleurs. Elle recommence. C'est pareil. Alors, Raphaëlle réalise que c'est une journée sans soleil... Pas de soleil? Pas de soleil, pas de maison jaune, pas de... papa!

Aujourd'hui, c'est la journée de la mautadite maison toutes sortes de couleurs pis j'me suis trompée pis j'ai les fesses sur le trottoir le plus froid du monde entier pis y'a personne autour : ni papa, ni maman, ni la gardienne, ni ma maîtresse d'école, ni le chauffeur d'autobus ! À quoi ça sert des adultes s'ils sont même pas là quand j'ai tellement de peur pis de peine que ça veut me déborder par les yeux ?

S'ils étaient là, les adultes, Raphaëlle leur confierait enfin le secret qu'elle garde depuis des jours. Elle leur expliquerait que le grand espace vide et noir, il n'est pas devant son cœur mais dedans. Qu'il y a trop de maisons dans sa vie. Que ce qu'elle voudrait, c'est un soleil et un cœur en même temps, un papa et une maman ensemble, comme sur toutes les photos qu'il y a dans son cartable qu'elle use du regard et des lèvres et des doigts aussi quand elle essuie les larmes qui n'arrêtent pas de tomber dessus en même temps que ce qui coule de son nez qu'elle est incapable de moucher comme il faut mais on a le droit quand on a de la peine.

Mais personne ne vient. Personne. Rien. Sauf une colère aussi grande que sa peine.

Alors, Raphaëlle décolle une après l'autre, après l'autre les photos de son cartable. Elle les déchire d'un geste vif avant de les jeter à travers la grille d'égout sous ses petits pieds. Ensuite, elle ferme les yeux et essaie de s'inventer de nouvelles images dans sa tête. C'est décidé. À partir d'aujourd'hui, c'est le seul endroit qu'elle habitera en permanence : le nouveau monde qui se dresse derrière ses paupières abaissées.

Le cadeau improbable

*Les yeux fermés, on presse le pays
sur son cœur, lui qu'on accable de
toutes les fautes, quand on sait si
bien que la faute, c'est l'homme.*

Félix LECLERC

*M*A BELLE *grande chum,*
On dit souvent qu'avoir quarante ans, c'est atteindre l'âge mûr; alors qu'il en soit ainsi. N'est-ce pas quand le fruit est mûr qu'il est le plus beau à l'œil, le plus savoureux, qu'il procure le plus de plaisir à ceux qui savent le regarder, le goûter, le toucher? N'est-ce pas à ce moment qu'il livre le meilleur de lui-même?

D'accord, vieillir n'est pas toujours une mince affaire. Mais avec l'âge, on apprend à lire entre les lignes que le temps trace sur nos fronts. On sait reconnaître les signes de chaque défaite qui nous blesse au passage et de chaque petite victoire sur nous-même qui nous marque tout autant.

Et puis, il y a ceux que l'on perd à cause des erreurs du destin qui se trompe parfois de cible en couchant quelques êtres trop chers et trop jeunes. Tu connais comme moi cette morsure dans le doux de l'âme, cette sensation au milieu de soi qui ressemble à du sel sur une plaie, à un éboulis à peine perceptible au creux de la poitrine, ou à un trou béant dans la partie la plus friable de nous-même. Chaque fois, l'espace intérieur semble dépeuplé. On se demande alors dans quel sommeil se réfugier quand les souvenirs rameutent sans cesse la mélancolie. Ça dure un temps. Mais un matin on se lève, le cœur à peine un peu plus léger, et la vie, qui s'était roulée en boule un moment, se défroisse et reprend son espace. Les enfants jouent dehors et leurs voix percent l'air de cris heureux. Le quotidien retrouve sa place. On se surprend à survivre. On survit toujours. Ou presque. C'est cela que racontent les petites rides le matin devant la glace. C'est juste la vie qui creuse ses sillons dans nos mémoires.

Évidemment, ce n'est pas tout le monde qui a la partie belle. Certains tracent leur destin à main levée avec l'aisance d'un peintre sûr de ses moyens. D'autres ont un cheminement plus tortueux. Ils me font penser à ces cancres penchés sur leur feuille blanche à l'école, esquissant péniblement quelques lignes incertaines en souhaitant de tout cœur que leur effort leur vaudra la note de passage.

Non. Vieillir n'est vraiment pas toujours une mince affaire. Mais si cela t'inquiète, tu n'es pas obligée de croire que c'est ce qui t'arrive. Après tout, on a beau savoir que la terre est ronde, rien ne nous empêche d'imaginer qu'elle est carrée ou qu'elle a quatre pattes, des oreilles tombantes et qu'elle est tachetée de noir comme les chiens dans les films pour enfants. Quand l'œil et le cœur demeurent sensibles au monde de l'enfance, la jeunesse n'est jamais plus loin qu'à une portée de main, il me semble. À ta place, je serais rassurée. Car l'imaginaire n'a pas d'âge ; la finesse d'esprit et la beauté non plus, d'ailleurs. (Tu as bien lu ; c'est de toi dont je parle.)

Pour ton anniversaire, je cherchais un cadeau précieux, hors du commun. Je t'offre donc mon plus beau souvenir d'enfance.

J'avais six ans. C'était le 24 décembre. Si cela avait été à la mode, la télévision aurait pu filmer chez nous une publicité du temps des Fêtes pour un centre commercial : l'arbre de Noël illuminé, les enfants excités qui tournent autour des cadeaux, la dinde qui cuit au four et la neige douce qui tombe dehors. Mais les publicités de centres commerciaux n'ont jamais pour décor un quartier ouvrier et des maisons délabrées.

J'avais remarqué une grosse boîte de carton brun sans papier d'emballage. Je savais que c'était pour moi. Ce soir-là, la messe de minuit me sembla aussi longue que deux éternités. À la toute fin, lorsque j'entendis « Amen et joyeux Noël » de la bouche du curé, je pris ma tuque et mes mitaines et je m'élançai en courant dans l'allée centrale de l'église sans attendre le reste de ma famille. Je me frappai au passage contre quelques adultes jusqu'à ce que j'arrive à l'extérieur. Sans ralentir, je descendis les longs escaliers et parcourus, talons aux fesses, les deux coins de rue qui me séparaient de notre maison. En poussant la porte, qui n'était jamais barrée, je jetai mon linge au bout de mes bras et je pris place par terre devant la grosse boîte brune. Je restai là, tremblant, sans bouger, attendant que la famille arrive.

Je crois qu'ils furent touchés par l'inquiétude et la fébrilité qui se lisaient sur mon visage, car cette année-là, exceptionnellement, nous eûmes le droit de déballer nos cadeaux avant le repas. Comme j'étais le plus jeune, j'avais le privilège de commencer. Je pris la boîte dans mes mains. Je la caressai lentement du bout des doigts, hésitant à l'ouvrir de peur d'être déçu. Puis nerveusement, je soulevai le couvercle et là, sous mes yeux, apparut l'objet de mes rêves. C'était le plus bel équipement de hockey que j'aie jamais vu de ma vie : les vieux patins de mon frère, des culottes qui avaient dû être portées par plusieurs enfants avant moi, des jambières qui devaient dater des années 40 ou 50 faites de feutre épais, de cuir ramolli et de baguettes de bois, et aussi des gants de livreur d'huile qui, vus de loin, pouvaient faire penser à de vrais gants de hockey. Il y avait également une pièce d'équipement que je ne connaissais pas et que je ne portai que plusieurs années plus tard : le jack strap. *Il semblait avoir été confectionné pour protéger des sexes d'une proportion qui me paraissait alors totalement inimaginable. Pour finir, il y avait (oh! bonheur suprême!) un chandail flambant neuf du Canadien de Montréal et des bas assortis d'un rouge tout aussi étincelant. Je pleurais à chaudes larmes, incapable de m'arrêter. J'embrassai mon père et ma mère en les serrant le plus fort que je pouvais, puis je courus vers la galerie d'en arrière pour aller chercher mon vieux hockey un peu ébréché. Je passai bien sûr le reste du réveillon avec mon équipement sur le dos. Dans mon excitation, je n'avais pas remarqué qu'il n'y avait ni épaulettes ni protecteurs de coudes. Cela m'était égal. Avec mon costume, je savais que, même si je patinais sur la bottine, je pourrais toujours prétendre être Jean Béliveau, déjouant gracieusement des milliers de joueurs de l'équipe adverse. Ce soir-là, j'aurais pu déjouer la vie entière tant j'étais heureux.*

Voilà donc le cadeau le plus précieux que je puisse t'offrir : un modeste souvenir. Ce n'est probablement pas le présent que tu attendais. Ce n'est pas non plus celui que j'aurais souhaité pour toi. J'aurais aimé te faire don de mon rêve le plus improbable. Le plus fou. Celui qui fait le plus mal à force de ne pas se réaliser. Mais cela m'est impossible. Permets-moi tout de même de t'en parler. Je sais que tu comprendras ma retenue.

Parfois, l'hiver, par temps doux, la neige à peine moins fine qu'une bruine peuple le regard de brume. Alors le pays devient flou quand on y jette un œil. Commence alors la petite heure des doutes. Ce n'est pas que le cœur soit plus tendre, c'est seulement la raison qui tourne autour des questions auxquelles nos sens n'ont pu répondre. Et à égrainer les idées comme le chapelet jadis, on finit par se demander comment faire confiance à un pays qui fuit notre regard, comment prendre racine dans un territoire qui s'effiloche.

Certains jours sans soleil, l'inquiétude recouvre l'espérance de givre. Nous sommes alors de tous les doutes comme d'autres sont de tous les combats. À croire que l'héritage lentement amassé par les générations qui nous ont précédés se résume en un seul mot : l'incertitude. Peut-être est-ce la faute des hivers trop longs. Peut-être que les froids qui se déchaînent figent toutes nos audaces, à l'image de l'eau qui gèle à la surface du fleuve. L'audace de surface... Et puis, au temps doux, balayées les audaces ; emportées vers le large au gré des marées. Et l'on se surprend à rêver plus souvent d'ailleurs que d'ici. Et l'on se surprend d'avoir l'esprit nomade.

Pourtant, personne ne nous tire le pays de sous les pieds. Nous désertons de nous-mêmes, par choix et par absence de choix, les paysages qui nous ressemblent. Comme si on ne méritait pas la terre que l'on habite. Comme si on craignait d'être fiers de rien.

Lorsque le soleil sera tombé sur le dernier jour de ce nouveau siècle, quel chemin aurons-nous parcouru ? Quelles traces aurons-nous laissées dans l'hiver? Quelles cicatrices aura-t-il laissées en nous? Faudra-t-il sans foi sur le pays remettre son ouvrage à ceux qui sont nés de nos rêves inachevés?

Voilà pourquoi je ne peux te donner le pays en cadeau. Le Québec est une terre de doutes. Et offrir le doute à l'anniversaire d'un être cher ne serait pas raisonnable.

Voilà peut-être ce qui m'incite à te proposer un marché. Un jour, si tu veux, je t'amènerai faire un tour dans les vestiges de ma jeunesse. Je te montrerai l'église et son escalier interminable. J'arpenterai avec toi les rues étroites et je te ferai voir la maison où, pendant un moment, j'ai été l'enfant le plus fier du monde. Je t'offrirai ce territoire de mon enfance comme on donne à quelqu'un l'objet auquel on tient le plus. Il ne sera plus seulement à moi. Il t'appartiendra un peu, à toi aussi. En échange, j'aimerais que tu me fasses voir les paysages où tu fus une petite fille. J'ai envie de connaître la montagne et la croix qui la domine, les champs de blé que tu aimes tant et qui ont appris à ton regard lumineux à porter loin en scrutant l'horizon. Je voudrais flâner avec toi à l'ombre des grandes maisons victoriennes qui t'ont vue grandir. Comme ça, quand j'y reviendrais seul un bon jour, j'errerais ici et là en ayant l'air d'un promeneur habitué aux lieux. Je me dirais: « Tiens! Ici, quelqu'un que j'aime est tombée de bicyclette quand elle avait sept ans. Juste là, elle s'assoyait souvent pour cueillir des bleuets. Un peu plus loin, c'est l'endroit où elle a reçu son premier baiser. Là encore, elle a brisé le cœur d'un garçon. » Le souvenir de toi flotterait partout dans l'air comme un parfum familier. Alors, timidement, je laisserais courir quelques racines sur ce coin de terre qui m'était auparavant inconnu. À cause de toi, j'aurais l'impression qu'il m'est permis de croire qu'ici, c'est un peu chez moi aussi.

Si tu le veux, ce sera notre façon à nous de prendre possession de ce pays qui nous file entre les doigts. Ainsi, personne ne bétonnera ton enfance sans avoir affaire à moi. Personne ne se moquera de mon quartier sans que tu te sentes concernée. Dorénavant, nous serons au moins deux à être attachés à cette terre.

La dernière fois
que j'ai eu vingt ans

J'AI EU VINGT ANS pour la dernière fois il y a un jour à peine. Le soleil chauffait le bitume de Paris et le cœur de la vieille ville battait au rythme des pas des touristes. J'étais un de ceux-là. Des vacances de flâneurs. Voilà ce dont nous avions convenu ma blonde et moi. Nous en avions bien besoin. Les derniers mois avaient été plutôt difficiles. Nos amours battaient de l'aile et nous étions épuisés par le travail et nos problèmes communs.

Et puis il y avait Marianne, ma presque sœur si précieuse depuis l'enfance, qui venait d'entrer dans une maison pour cancéreux en phase terminale. Je suis allé la voir la veille de notre départ pour la France. « Ce serait mieux. Au cas où... », m'avait-on dit. Dans sa chambre aux couleurs feutrées dont les fenêtres s'ouvraient sur la nature exubérante de juillet, je me suis penché près de son oreille et je lui ai chanté ses chansons préférées : *La vie de factrie, Si je savais parler aux femmes, You've Got A Friend...* Nous n'avons pas feint d'ignorer que des cellules folles couraient en tous les sens dans son cerveau, comme la foule autrefois dans les rues de Sarajevo lorsque des *snipers* déments tiraient au hasard sur les passants. Je me sentais coupable de partir même si le voyage avait été planifié depuis longtemps. Elle a murmuré d'un ton épuisé: « Pars. C'est correct. Pars. » Sa voix était méconnaissable, à peine portée par le souffle. Il n'y avait déjà presque plus de vie dans chacun de ses mots. J'ai fait semblant de ne pas remarquer. J'ai répondu qu'elle serait avec nous en pensée; que nous faisions le voyage pour elle, pour ne pas la fatiguer, mais que nous serions trois à visiter ses lieux préférés: Notre-Dame de Paris, le Musée d'Orsay, le quartier du Marais… J'ai caressé délicatement sa tête dénudée en l'embrassant plusieurs fois sur les joues et en lui chuchotant que je l'aimais. Ses yeux immenses étaient encore plus bavards. Ils disaient l'innommable, l'insoutenable, tout ce qu'on ne tente même pas d'exprimer parce qu'on sait que les mots resteraient coincés dans la gorge et qu'on s'étoufferait avec. C'était la dernière fois. Elle le savait. En silence, ses yeux parlaient de renoncement et d'adieu, malgré elle. Ou peut-être était-ce volontaire.

J'ai pleuré après avoir quitté sa chambre. Une religieuse qui passait dans le corridor m'a suggéré de trouver le réconfort dans la foi et la prière puisque Jésus faisait toujours bien les choses. Je suis sorti en trombe. J'avais moi aussi des cellules folles qui couraient dans mon cerveau. Des cellules de rage. J'ai hurlé ma colère à Dieu. Je lui ai ordonné de descendre de son nuage de béatitude pour que je puisse l'injurier à ma guise, lui botter le cul, lui cracher au visage et le rouer de coups de poing.

Le lendemain, nous étions dans l'avion pour Paris.

Le premier jour du voyage, nous avons erré dans Saint-Germain-des-Prés et aux jardins du Luxembourg.

Ces lieux pleins de déjà-vu donnaient un petit air rassurant à nos vagabondages. Jo et moi déambulions lentement, sans but précis. Il faisait bon d'être ailleurs, de s'évader un peu. Ralentir le pas était une façon de faire semblant que le remous des derniers jours n'avait pas existé ; un simulacre d'insouciance face au temps qui passe trop vite. Nous avons marché pendant des heures, jusqu'à ce que les rayons de soleil paresseux de la fin du jour s'amusent à semer des ombres qui s'allongeaient tranquillement derrière nous. Avant de rentrer, nous sommes allés au café Internet, voisin de l'hôtel. Pas de mauvaises nouvelles au sujet de Marianne. Nous nous sommes couchés le cœur assez léger ce soir-là.

Le deuxième jour, pour respecter ma promesse, nous avons pris le chemin de Notre-Dame de Paris. Sur l'Île de la Cité, des panneaux publicitaires incitant à la visite de la Sainte Chapelle attirèrent notre attention. Nous sommes entrés sur un coup de tête. Cette magnifique chapelle du XIIIe siècle est réputée pour avoir abrité autrefois quelques reliques de la passion du Christ, dont la couronne d'épines et une partie de la croix. La visite débutait dans la chapelle basse. Mis à part le ciel étoilé qui constellait le plafond peu élevé, l'aspect le plus impressionnant n'était pas le lieu lui-même mais plutôt la désinvolture et l'aisance distinguée avec lesquelles le guide glissait les mots étrésillons, arcatures trilobées, écoinçons, abside ou barlotières au fil de sa description de l'endroit. Quelques minutes plus tard, il invita le petit groupe de visiteurs dont nous faisions partie à grimper à la chapelle haute par un étroit escalier en colimaçon. À l'étage supérieur, nous avons immédiatement été

conquis par la subtilité et le raffinement du décor. L'œil
était d'abord séduit par la structure élégante et aérienne
du bâtiment. La voûte, comme suspendue au-dessus de
l'ensemble, semblait flotter avec légèreté dans une
lumière douce. Après quelques instants, c'est la splen-
deur majestueuse des vitraux qui forçait l'admiration.
Parsemée d'images naïves, la verrière de plusieurs centaines de mètres carrés racontait l'histoire de l'humanité.
L'éclat du soleil qui lui donnait vie s'éteignait discrè-
tement en caressant de teintes rougeoyantes, bleutées et
rosées les murs tout en relief de la Sainte Chapelle. Sans
parler, Jo effleura mon dos de sa main ouverte. L'émotion donnait à ses yeux doux et animés un éclat luisant.
Elle se demanda à haute voix comment un homme avait
pu un jour être habité avec tant d'intensité par l'harmonie et la grâce pour concevoir un décor d'une pureté
aussi absolue.

Après quelques minutieuses explications, le guide
eut la bonne idée de nous laisser admirer à notre guise
la beauté qui s'offrait à nos yeux. Il souhaita à tous une
agréable fin de visite après nous avoir invités à faire une
halte à la boutique de souvenirs située à l'étage inférieur.
Il s'y dirigea d'un pas allègre, suivi par une bonne partie
du groupe.

Moi, j'étais déjà replongé dans la contemplation. En
observant avec attention les rosaces délicatement ciselées
qui ornaient les murs arrière et avant de la chapelle, il
me vint à l'esprit qu'elles étaient comme les deux moitiés d'un soleil parfait qui illuminait l'endroit. J'en fis
part à ma blonde qui ne put réprimer un sourire et aussi
une moue un peu mélancolique.

— Qu'est-ce qu'il y a? demandai-je, surpris.

– C'est drôle. Ça me rappelle une phrase que tu me disais autrefois et que j'aimais beaucoup. Je ne l'ai plus entendue depuis des lunes.

– Vraiment? Qu'est-ce que c'était?

– « Tes fesses sont comme deux moitiés d'un même soleil qui illumine ma vie. » Quand la vie était un peu plus légère entre nous et qu'un parfum de désir flottait souvent dans l'air, tu m'inventais des phrases du genre pour me séduire.

Songeuse, elle dit après un court silence:

– Je m'ennuie de ça, tu sais...

Elle avait raison, bien sûr. J'avais un souvenir très précis de ces instants festifs qui magnifiaient plusieurs fois par semaine l'ordinaire des jours. Le feu qui nous consumait alors semblait s'être endormi depuis des siècles. Nous savions tous les deux qu'il fallait en brasser les cendres au plus vite tellement nos amours avaient pris froid. Penaud, je tentai de la réconforter en approchant ma bouche assez près de son oreille pour qu'elle soit touchée à la fois par mon souffle et ce que j'avais à murmurer.

– Moi, si j'avais été architecte, ce n'est pas pour honorer les saintes reliques que j'aurais élevé une chapelle mais pour glorifier ton corps.

– Vraiment?

Elle me regardait intensément pendant qu'un sourire de plus en plus coquin se dessinait sur son visage.

– Vraiment..., répéta-t-elle avec un brin de défi dans la voix. OK. Attends, voir...

Jo s'éloigna très lentement de moi. Tout en faisant mine de s'intéresser à une statue, elle jetait des coups d'œil furtifs aux quelques rares personnes encore présentes.

Elle s'approcha ensuite du chœur de la chapelle où était située l'imposante tribune ajourée sur laquelle était posé autrefois le reliquaire contenant les objets sacrés. Vide depuis plus d'un siècle, la tribune semblait maintenant dénuée de sens et, en général, elle laissait la plupart des visiteurs indifférents.

Elle regarda à nouveau derrière elle. À quelques mètres, un couple japonais semblait trop occupé à prendre des photos pour lui porter une quelconque attention. Plus loin, une vieille dame, les mains jointes et le corps prostré dans une attitude de prière révérencieuse, gardait les yeux clos pour mieux se recueillir.

Alors, ma blonde commença une danse subtile, à peine perceptible. Elle était dos à moi mais, de l'endroit où j'étais, je pouvais deviner son manège. Rien de vulgaire dans ses manières, simplement un coup d'audace comme je ne lui en connaissais plus. Elle releva lentement le devant de sa jupe et ondula gracieusement des hanches en tirant délicatement sur sa petite culotte. Jo prenait son temps, bougeant sans hâte ni brusquerie, à la fois pour éviter d'être vue et, j'en suis sûr, pour savourer le plaisir délicieux de transgresser un interdit. J'imaginais le tissu fin glissant sur la rondeur parfaite de ses fesses. Je devinais son plaisir à sentir l'air tiède effleurer sa toison et son sexe soyeux. Puis, une chaleur au creux de ma poitrine. Une envie d'elle qui donne du rouge aux joues et met les sens aux aguets. Une sensation qui fait oublier les rides autour des yeux et allège le poids de l'âge qui fait courber le dos les jours de fatigue.

Quelques secondes plus tard, son slip tombait sur ses chevilles. Elle dégagea d'abord un pied puis, de l'autre, elle porta d'un geste précis sa culotte jusqu'à sa main. Elle se tourna alors vers moi, sourire en coin, fière de son coup. Pendant que j'essayais de contenir mon désir et mon fou rire, elle prit son élan et lança son sous-vêtement sur la tribune. Le menu morceau de tissu n'était pas encore retombé que je me disais qu'il était bien que ce temple soit d'une perfection achevée puisqu'il allait maintenant abriter les bobettes de ma blonde ; relique qui méritait à mes yeux autant d'admiration que celles pour lesquelles il avait été conçu à l'origine. C'est alors qu'une voix stridente nous fit sursauter.

— Poliiiice ! C'est un scandale ! Arrêtez-les, poliiiice !

La dame âgée avait dû finir sa prière et remarquer le manège de Jo à notre insu. Le couple japonais se retourna vers nous l'air ahuri. Affolée, Jo se mit à courir vers la sortie. Moi, je me dirigeai vers la furie qui s'époumonait, dans l'espoir de la calmer un peu.

— Madame, ce n'est pas si grave…, commençai-je.

— Viens ! me lança Jo.

— File, j'arrive dans une minute.

Elle s'engouffra dans l'escalier sud pendant que le gendarme de faction à l'entrée montait par l'escalier nord. En le voyant, la vieille hystérique cria :

— La femme était avec ce pervers qui la regardait faire. Elle a lancé son slip à la place des reliques du Christ !

Le policier observa rapidement les gens autour de lui. À part la plaignante, la seule femme présente était la Japonaise, appareil photo en main. Il constata en un coup d'œil qu'elle ne semblait manifester aucune aptitude pour le sacrilège.

— Et l'autre, elle a filé ? demanda-t-il à la vieille.

– Oui, juste avant que vous arriviez. Il était temps. Ce malappris se dirigeait vers moi dans l'intention de m'intimider.

– Non! m'écriai-je.

L'agent me jeta un regard noir et me prit le bras en le ramenant brusquement dans mon dos.

– Oh! doucement. Vous n'allez quand même pas me crucifier, dis-je en crânant. Il s'agit seulement d'une blague.

– C'est ça. On s'expliquera au poste, petit rigolo.

– La culotte… Allez au moins enlever la culotte de cet endroit, gémit la vieille en s'adressant au policier.

– J'y vais de suite, madame. Après, j'installe monsieur dans le car et je reviens prendre votre déposition.

« Restez dans les parages, j'aurai aussi à vous parler », fit-il d'une voix forte à l'intention du couple asiatique.

Dehors, derrière la foule de curieux qui s'étaient amassés près des portes de la Sainte Chapelle, j'aperçus Jo. Elle m'adressa un regard désolé, inquiet. Je souris du mieux que je pus et montai à bord de la voiture. J'attendis là, penaud, une quinzaine de minutes. Le gendarme revint et démarra. Quelques instants plus tard, nous traversions la Seine en direction du poste de police situé près de l'hôtel de ville de Paris.

– Vous êtes Canadien, non? lança-t-il en me regardant dans le rétroviseur.

– Québécois.

– Oui, oh, enfin c'est la même chose pour moi.

– Pas pour moi.

– Ah bon! Un autre…, dit-il d'un ton exaspéré.

– Écoutez, je n'ai pas vraiment envie de discuter de cela maintenant.

– D'accord. On discutera d'autre chose quand nous serons au commissariat, fit-il d'un air plein de sous-entendus.

En entrant au poste de police, j'eus l'impression d'être projeté dans un vieux film français. Tout ressemblait à mes souvenirs en noir et blanc de cinéphile : la couleur délavée des murs, les bureaux exigus, la mine antipathique de certains gendarmes et l'air dépité d'une faune humaine bigarrée qui, de toute évidence, n'était pas là de gaieté de cœur.

Le policier réclama mon passeport. Heureusement, je l'avais avec moi. Il m'expliqua qu'il me le rendrait plus tard après les vérifications d'usage. Ensuite, il me conduisit dans une toute petite salle qui avait vaguement l'air d'une cellule sans barreaux. Quelques hommes s'y entassaient déjà. L'un d'eux me salua pendant que je prenais place près de lui sur un banc de bois inconfortable. Je fis un vague signe de tête en guise de réponse. Je n'avais pas envie de parler. J'avais chaud. J'avais soif. L'après-midi se défaisait lentement, minute après minute, doute après doute, et je pensais à Jo, à son inquiétude probable. J'essayais de l'imaginer à l'hôtel à m'attendre ou en train de déambuler dans Paris à se demander quoi faire, mais je n'arrivais pas à savoir laquelle des deux images ressemblait le plus à la réalité.

J'étais fatigué et je savais que mon esprit fonctionnait tout de travers. J'aurais mieux fait de ne penser à rien, mais j'en étais incapable. J'ai revu Marianne couchée dans son lit. Qui lui tenait la main pendant que je perdais mon temps dans un commissariat français ? Quelqu'un humectait-il ses lèvres asséchées ? Grugeait-elle encore quelques instants à la vie en cherchant péniblement son air ou avait-elle lâché prise?

Le soleil eut le temps de changer d'angle et de faire fléchir la lumière dans la pièce. J'avais passé une partie de l'après-midi à plisser les yeux à force de me débattre avec des images sur lesquelles je n'avais aucune emprise. Plusieurs hommes avaient quitté les lieux. Nous n'étions plus que deux à patienter dans la chaleur humide.

Le policier réapparut enfin et me fit signe de me lever. Il m'amena à son bureau et me pria de m'asseoir. Il fit de même en relevant ses manches de chemise, puis s'accouda à son bureau en me fixant des yeux. Je ne sais pas pourquoi, mais juste par cet enchaînement de clichés, je sus que j'allais avoir droit à un interrogatoire en règle.

– Vous êtes au pays depuis longtemps?

– Deux jours.

– Pour faire quoi?

– Tourisme.

– Vous faites quoi dans la vie?

– Travailleur social.

– Vous logez où à Paris?

– À l'hôtel *Istria*, quartier Montparnasse.

Il secoua sous mon nez un sac de plastique transparent contenant la pièce à conviction:

– À voir le slip, elle est plutôt bien roulée la nana, non?

L'interrogatoire commençait par des questions banales qui me semblaient sans importance. Je répondais machinalement, comme autrefois à la petite école quand je connaissais les réponses par cœur. J'avais peine à réaliser ce qui m'arrivait. J'étais spectateur des événements, comme s'ils étaient vécus par un étranger qui aurait mon nom, mon visage, mon âge, mes peurs. Je me sentais nerveux, désabusé, déphasé. Les images que j'avais en tête ne convenaient pas à la situation. Je ne sais pas pourquoi, je repensais sans cesse à une comptine idiote de mon enfance : La police pleine de pisse, numéro 36, sur le bord du cap, numéro 34... J'essayais de traduire mentalement en français parisien ce que ça donnerait : Le gendarme imbibé de sa propre urine, matricule 3-6, dont la position correspond à l'empiètement de la falaise portant le numéro 3-4... Je me disais que le rythme n'était pas aussi rigolo. Et je me trouvais vraiment bête.

– Ho! Vous rêvez ou quoi? Je vous ai posé une question! La dame est votre petite amie canadienne, oui ou non?

– Non. Quelqu'un d'ici. Une aventure de passage.

Je ne voulais absolument pas impliquer Jo dans cette histoire. Le policier me demanda son nom.

– Juliette.

– Juliette qui?

J'hésitai un instant faisant mine d'essayer de me souvenir.

– Binoche, dis-je en souriant, mais je ne suis pas certain...

– Écoute, t'as intérêt à ne pas te foutre de ma gueule sinon, Canadien ou pas, tu vas passer un mauvais quart d'heure.

Je ne savais pas pourquoi j'avais répondu de façon aussi idiote. Par bravade, par amour pour Jo, par folie. Pour faire semblant que je n'avais pas mon âge et qu'il me restait encore un semblant d'insolence de mes vingt ans. Pour oublier que, de plus en plus souvent, la mort rôde autour des gens que j'aime et que, chaque fois, cela me rend fou d'inquiétude. Mais je ne voulais pas tenir ce discours au policier. Je m'excusai en lui promettant de répondre le plus sérieusement possible à ses questions. J'étais plutôt sincère. Sa saute d'humeur m'avait fait perdre le goût de rire.

— Parfait. Alors je veux votre version de l'histoire depuis le début, et sans omettre un détail, dit-il.

Je me lançai donc dans un récit où la vérité faisait parfois place à quelques mensonges crédibles.

— La fille s'appelle Jo. Je ne sais pas son deuxième nom. Je l'ai rencontrée hier dans un bistro sympathique. Je ne sais pas où elle demeure. Nous nous sommes plu et nous avons passé la journée à vagabonder ensemble dans Paris. Elle a accepté de dormir avec moi et nous avons baisé toute la nuit dans ma chambre d'hôtel.

Intérieurement, je me dis que c'était probablement là le plus gros mensonge dans l'histoire que j'inventais. J'aurais été incapable de dire à quand remontait la dernière fois où j'avais passé une nuit entière à faire l'amour avec Jo tellement cela semblait appartenir à une époque lointaine.

— Bref, dis-je rapidement pour ne pas me laisser distraire par mes pensées, comme elle était elle aussi en vacances et que la nuit avait été parfaite, nous avons décidé de passer la journée ensemble. Nous nous embrassions sans arrêt en déambulant au hasard des rues. Nous sommes entrés dans la Sainte Chapelle un peu par hasard. L'idée des petites culottes, c'était simplement pour faire suite à l'euphorie qui nous animait depuis la veille ; un coup de tête que l'on trouve amusant sur le moment et que l'on n'oserait jamais faire ordinairement. C'était peut-être irrespectueux, sûrement irresponsable, mais admettez que c'était un bien maigre délit.

– Je veux bien passer l'éponge sur les dessous féminins qui prennent la place de la couronne du Christ. Par contre, la dame âgée a porté plainte contre vous pour tentative d'intimidation.

– C'est ridicule! lançai-je d'un air effaré. Vous savez bien que ce n'est pas vrai! Je ne me suis pas emporté contre elle et je ne l'ai même pas touchée. Je lui ai demandé de cesser de crier, rien d'autre.

Il sourit. Il venait de constater mon désarroi. Ce n'était plus un match verbal à forces égales. Ça ne l'avait jamais été. Il prenait maintenant l'avantage.

– Si votre petite amie Jo était là, elle pourrait nous expliquer si la raison de sa fuite était la peur d'être épinglée en compagnie d'un homme violent ou simplement la honte de son geste.

La remarque avait des airs de provocation. J'essayais de conserver mon sang-froid pendant que les idées se bousculaient pêle-mêle dans ma tête. Je mis un certain temps avant de répondre, question de tempérer mes propos.

– D'abord, je ne suis pas un homme violent. J'imagine que vous avez fait quelques vérifications au Québec. Vous avez probablement constaté que je n'ai pas de casier judiciaire et que les pires infractions que j'ai commises sont quelques rares excès de vitesse.

– C'est juste, répondit l'agent.

– Ensuite, la femme qui m'accompagnait n'avait pas honte de son geste. Elle a fui simplement parce que je lui ai suggéré de filer. Nous devions nous rejoindre dehors, sauf que je suis sorti escorté par vous.

— C'est tout?

— Non. Je ne sais pas pourquoi vous faites toutes ces allusions à Jo alors que vous venez de me dire que vous êtes prêt à oublier son geste. Si c'est le cas, pourquoi ne la laissez-vous pas tranquille?

La réponse vint, immédiate et cinglante.

— Parce que je n'aime pas que l'on me mente et vous le faites très mal. Cette femme est Canadienne. Vous vous êtes inscrits ensemble à l'*Istria* il y a deux jours. Le réceptionniste me l'a confirmé.

Touché. Je baissai les yeux. Je n'étais pas fier de moi.

— Quant à la plainte d'intimidation, reprit-il, je me doute bien que ce n'est pas très sérieux. Le couple de touristes asiatiques qui était présent au moment de l'incident n'a rien remarqué d'anormal. De plus, le guide de la Sainte Chapelle m'a décrit la plaignante comme étant légèrement portée sur l'exagération. Il paraît qu'elle vient prier là très régulièrement et que, chaque fois ou presque, elle râle à propos de tout et de rien : la chaleur excessive, la cohue, le manque de respect des touristes, leur absence de dévotion…

Je commençais à me détendre un peu. Le policier semblait montrer un début de compréhension.

— Les choses s'arrangent pour moi alors.

— Les choses pourraient s'arranger, corrigea-t-il. En fait, ce dossier me complique un peu la vie car vous êtes étranger. À mes yeux, votre peccadille ne justifie pas les complications administratives qui m'attendent si la plainte est maintenue. Je serais même prêt à parler à la dame pour lui suggérer de laisser tomber étant donné le peu de chance qu'elle a d'être prise au sérieux. Cependant, il vous faudrait collaborer un peu. Pourquoi le mensonge?

J'hésitai un long moment. Mes lèvres serrées retenaient les mots qui se bousculaient vers la sortie. Je ne voulais pas révéler au policier ce que j'essayais de me taire à moi-même. Il avait parlé de mensonge. Comment avouer que je m'en racontais à moi aussi en ne réalisant pas que quelque part entre mes vingt ans et ma quarantaine, j'avais perdu quelque chose de précieux, un don qui s'était effrité avec l'âge, la vie, les habitudes, les petitesses, les angoisses.

– L'insouciance. C'est par besoin d'insouciance.

Les mots étaient sortis tout seuls. Le barrage de pudeur avait cédé. Les phrases déboulaient maintenant en rafales. Je racontais tout: mon amour pour Jo, notre relation qui prenait l'eau et ma peur du naufrage, notre vie sexuelle vacillante, son geste pour raviver les cendres, la mort qui allait m'enlever Marianne, mes envies de légèreté, ma peur de vieillir. Je me répandais en confidences. J'avais l'impression d'être un bambin de cinq ans qui s'échappe dans son pantalon après avoir fait mille efforts pour se retenir et qui se sent à la fois honteux et soulagé de son geste.

Je ne sais pas combien de temps cela dura. Un moment, je levai les yeux vers l'agent, qui avait eu la bonté de s'abstenir de commenter mon désarroi.

– Attendez-moi, fit-il d'un ton las. Je vais essayer de régler cette affaire.

Il s'éclipsa, me laissant seul quelques minutes. À son retour, il dit:

– Vous pouvez filer sans aucune inquiétude. La vieille dame a finalement retiré sa plainte. Je vous remets votre passeport et ceci.

Il esquissa un léger sourire en posant dans ma main le sac de plastique contenant le sous-vêtement de Jo.

– Essayez de profiter de vos vacances avec votre compagne.

J'ai pris un taxi jusqu'à l'hôtel. Je n'avais plus la force de marcher. La porte de la chambre s'est ouverte avant que je touche la poignée.

– Je guettais ton arrivée, m'a dit Jo en m'ouvrant les bras.

Je me suis collé à elle en mettant mon nez dans son cou.

– Si tu savais…, ai-je murmuré d'un air épuisé.

Elle a eu alors un léger mouvement de recul.

– Avant que tu racontes, il faut que tu saches. J'ai vérifié dans Internet si nous avions eu un message…

Elle n'a pas eu besoin de finir sa phrase. J'avais compris. La mauvaise nouvelle venait d'arriver. Dieu s'était pris pour un *sniper* dément et avait fauché Marianne au hasard. Les cellules folles avaient gagné.

J'ai essayé d'imaginer quel visage elle avait lorsqu'elle s'est éteinte. Je me suis rappelé ses yeux quand je l'ai vue la dernière fois. Puis, en me jetant sur le lit, j'ai pleuré sans retenue. Je n'allais plus jamais m'illusionner sur mon âge. Je n'aurais plus jamais l'impression d'avoir vingt ans, sinon vingt ans de plus comme à cet instant. Après un moment, j'ai levé les yeux vers Jo en lui demandant si elle voulait consoler un vieil homme usé par la vie. Elle s'est étendue près de moi et m'a embrassé les cheveux, puis le visage. Ses mains s'ouvraient sur des douceurs subtiles jusqu'à ce que la tendresse fasse place à une étreinte pleine de désir. J'étais ému. J'avais de la difficulté à me laisser aller, à suivre ses élans. Elle a pris mon visage entre ses mains en disant :

      — Mais nous, on vit.

J'ai compris dans ses yeux qu'il fallait quand même essayer d'apprivoiser à nouveau le bonheur ; vouloir y croire encore pour avoir envie de faire face au jour chaque fois que le soleil se lève.

Petits désordres intimes

DÉJÀ DIX MINUTES qu'elle fait le pied de grue à la porte d'un magasin d'accessoires de bureau. Elle savait bien, pourtant, qu'elle y serait un bon quart d'heure avant l'ouverture. Mais c'était plus fort qu'elle. Elle est dans cet état d'urgence depuis le matin. C'est souvent le cas quand la nuit est trouble. Trop d'idées dans sa tête, ça fait fuir le sommeil. Après quelques heures vides de repos, ses paupières se sont ouvertes d'un coup, comme si elle avait été surprise. C'est à ce moment qu'elle a senti la vague se former dans son ventre, monter vers sa poitrine, inonder son cœur et déferler dans sa gorge qui déjà se nouait sous la pression. Elle a alors repoussé les couvertures de toutes ses forces et s'est levée d'un bond pour éviter de mourir noyée dans son lit. L'instant d'après, elle errait dans la maison de la chambre au corridor, du corridor au salon et jusqu'à la cuisine. Elle pensa prendre une douche pour retrouver ses esprits, mais comment se jeter à l'eau quand on vient de passer à deux cheveux de la noyade? songea-t-elle.

Se jeter à l'eau... L'image la fit sourire de dépit. N'était-ce pas justement ce qu'il fallait qu'elle fasse? Oser. Se jeter à l'eau. Affronter les vagues, même les

pires lames de fond, celles qui surgissent du plus pro-
fond de soi, secouent le cœur et mettent l'âme sens
dessus dessous avant de nous avaler vivant.

D'accord. Du calme. D'abord, quelques grandes
inspirations pour chasser l'eau des poumons. Observer
par la fenêtre le va-et-vient des rares passants dans la rue
pour tenter de prendre place dans un semblant de réalité
quotidienne. Ensuite, échafauder un plan et se donner
les moyens de le mettre en œuvre. Elle commença donc
par appeler au travail pour se déclarer malade. Puis,
après un déjeuner rapide, elle sauta dans son auto. Elle
savait ce qu'il fallait faire.

Plus que quatre minutes à attendre, maintenant. De
l'autre côté des vitrines, un commis affairé à disposer
quelques articles près de l'entrée perçoit son impatience.
À neuf heures précises, il déverrouille les portes en lui
adressant un sourire de politesse. Elle ne remarque
même pas l'attention. Sans hésiter, elle se dirige vers le
rayon des grands cartons. Elle les regarde attentivement,
distinguant au passage les subtiles différences de teinte
entre les plus-blanc-que-blanc et jaune très pâle. Elle en
effleure quelques-uns du bout des doigts, sensible aux
textures diverses. Elle n'aime pas les cartons trop lisses ni
ceux dont la surface est poreuse. Parfois, elle en fait glisser un vers elle pour en vérifier la rigidité.

Plus aucune précipitation dans ses manières. Elle
prend un soin quasi cérémonieux à choisir le carton qui
lui plaît, comme si ce simple geste avait la gravité d'un
rituel important.

Petit coup de sonde dans les bas-fonds : pas de
houle. D'être ainsi concentrée sur une tâche minime lui

permet d'oublier les inquiétudes du réveil. Elle passe donc du côté des crayons feutres. Elle sait exactement ce qu'elle cherche : bleu marine, pointe large et arrondie, de diamètre assez réduit pour permettre une certaine aisance dans la calligraphie. Elle déteste les gros crayons à mine carrée qui lui donnent l'impression d'être une enfant malhabile, incapable de tracer les lettres sans bavure. Là encore, elle met le temps qu'il faut pour trouver celui qui lui convient.

Maintenant qu'elle a tout ce qu'elle voulait, l'envie lui prend de flâner interminablement dans ce magasin. Le plaisir serait plus grand ici que chez elle. Mais à quoi bon prendre un congé de maladie et s'acheter un carton jaune très pâle et un crayon feutre bleu marine si c'est pour ne rien faire. Elle sait ce qui l'attend. Elle se secoue et file vers la sortie.

Au retour, les bouchons de circulation lui laissent tout le temps voulu pour réfléchir à ses angoisses matinales. De toute évidence, elle n'est pas bien dans sa peau, ni très fière d'elle. Pour se rassurer, elle se dit qu'au moins, elle n'est pas comme ces gens qui se croient une poussière d'humanité, une petite chose inutile, invisible dans la foule. Elle se sait jolie, intelligente, capable de grands projets... capable de grands projets qu'elle n'entreprend jamais.

Ça y est. La mer s'agite de plus belle dans son ventre. Elle a besoin d'air. Elle passe sa tête par le « hublot » de la voiture. Elle sait bien que si cette simple pensée fait naître des vagues au milieu de son corps, c'est qu'elle vient de mettre le doigt sur un point sensible. Une fois de plus, elle se rend compte qu'elle s'est un peu oubliée au fil des années, presque par inattention. En faisant semblant de ne pas se souvenir de ses goûts, ses envies, ses fantasmes, elle a négligé ses rêves, son cœur, son corps un peu, aussi. Pendant qu'elle regardait distraitement ailleurs, elle s'est éloignée d'elle.

Devant, la circulation redevient fluide. La tension se libère un peu. Elle appuie sur l'accélérateur. C'est maintenant qu'il faut reprendre le temps perdu, être à nouveau en éveil constant et briser cette impression qu'elle a d'être en dehors de sa vie, à l'extérieur de son corps.

Arrivée à l'appartement, elle dépose le carton sur la table de la cuisine. De son crayon neuf, elle trace deux lignes verticales de manière à définir trois larges espaces dans lesquels elle inscrit tout en haut : *QUOI CHANGER À COURT TERME, QUOI FAIRE À MOYEN TERME et QUI ÊTRE À LONG TERME.* Aucune hésitation dans les gestes ni dans le trait de crayon. L'écriture est vive, déterminée. Elle aime se sentir ainsi. Cela la rassure sur sa capacité d'agir.

Elle s'arrête un instant, pose un regard buté sur le carton, puis elle plonge. Sous les mots *QUOI CHANGER À COURT TERME* elle écrit d'un seul jet *Ma relation avec mon chum.* Elle a un petit geste de recul, comme si elle se surprenait elle-même d'avoir osé énoncer l'idée. Bien sûr, Marc est gentil, drôle et même attentif quand il fait quelques efforts mais, simple détail, elle n'est pas certaine d'être amoureuse. En fait, à cet instant plus que jamais, elle se demande si elle l'a déjà été. Elle a bien constaté depuis plusieurs mois que les mains de l'homme s'attardent de moins en moins souvent sur sa poitrine pourtant attirante. Ce qu'elle a surtout remarqué, c'est que cela ne la dérange pas du tout.

Elle s'en trouve même légèrement soulagée. Peut-être que pour elle, le temps est venu d'aller se faire aimer ailleurs, se faire désirer ailleurs, se faire prendre et prendre ailleurs.

Parler à Marc. Préparer mon déménagement. Les phrases se posent presque d'elles-mêmes dans la colonne du milieu relative à ses intentions à moyen terme. Elle regarde le crayon bouger, quasi par automatisme, comme si les mots que le feutre humide abandonne dans son sillage répondaient plus à un souci de cohérence qu'à un élan irrépressible. Elle constate sans étonnement que l'idée d'améliorer la qualité de leur relation ne lui vient pas d'abord à l'esprit. De toute façon, elle n'a jamais vraiment eu d'illusion sur l'intensité de ce qui existe entre Marc et elle. Elle sait bien qu'il y a six ans, elle ne l'a pas choisi parce qu'il était l'homme de ses rêves mais parce qu'il avait mis fin à ses cauchemars.

Depuis l'adolescence, elle faisait le même rêve angoissant. À la polyvalente, dans la cohue de l'entre-deux cours, tous les étudiants semblaient se diriger vers un but précis, sauf elle qui déambulait un peu au hasard, cherchant où aller. L'instant d'après, la cloche sonnait, les corridors devenaient déserts et elle restait là à se demander quel était son horaire. Elle réalisait alors qu'elle avait sûrement manqué plusieurs semaines de cours à errer ainsi d'un corridor à l'autre. La crainte de l'échec et la peur de faire rire d'elle à l'instant où elle entrerait dans une classe l'air hébétée et ignorante la mettaient dans un état de désarroi intolérable. C'est toujours à ce moment qu'elle s'éveillait en tressaillant. Or, la nuit de leurs premiers ébats charnels, elle avait rêvé une fois de plus qu'elle se retrouvait dans les corridors de son ancienne école secondaire au moment où la cloche sonnait. Mais cette fois, au lieu de la panique habituelle, elle tenait son horaire bien en main et savait exactement où aller. Elle décidait simplement de ne pas se presser pour s'y rendre. Au loin, Marc lui faisait signe de la main, l'attendant pour entrer dans une classe. Elle avait considéré cela comme un signe du destin. Le lendemain, elle disait à tout le monde qu'elle avait trouvé l'homme avec qui elle voulait vivre. Par la suite, le cauchemar n'était jamais revenu.

Une tension à la nuque et dans le haut du dos la fait émerger de sa torpeur. Elle redresse la tête et inspire un grand coup, goulûment. Elle aurait passé les dernières minutes à chercher ses souvenirs au fond de l'eau qu'elle ne ferait pas autrement. Parfois, quand quelque chose lui fait peur, il lui arrive d'oublier de respirer quelques instants, comme s'il fallait tester l'instinct de survie pour vérifier si ça vaut la peine de rester en vie.

Nerveusement, elle fait osciller le crayon feutre entre le pouce et l'index. Le mouvement rapide et régulier lui rappelle les battements d'un métronome. Elle inscrit dans la colonne de gauche : *Me remettre sérieusement à la guitare.* Elle se souvient qu'à l'université, ses professeurs la disaient douée. Au magasin de musique où elle travaille, elle impressionne souvent les clients – et même ses collègues – quand vient le temps de démontrer les qualités d'un instrument. Mais cela ne la satisfait pas. Elle sait trop bien que la guitare est parfois une sale bête à dompter, parfois une alliée fidèle. Et pour que la sienne redevienne le prolongement d'elle-même, que l'instrument chante à nouveau aussi bien qu'elle le ferait si elle aimait sa voix, qu'il pleure de la même façon qu'elle par petits spasmes étouffés, qu'il transmette l'énergie et la vivacité dont elle se parait parfois comme d'un vêtement flamboyant les jours d'avant la grande tiédeur, il faudra qu'elle y mette du temps, de la volonté, de la rage.

– Je vais le faire, merde. J'ai pas fait un bac en interprétation de musique pop et jazz pour devenir vendeuse dans un magasin de musique! Jouer dans un *band*, rencontrer d'autres musiciens, monter des projets de *shows*, enregistrer en studio, c'est ça que je veux faire!

Elle sourit de s'entendre parler à haute voix, comme si elle se dictait à elle-même ce qu'il fallait maintenant écrire dans la colonne surmontée des mots *QUOI FAIRE À MOYEN TERME*. Elle s'obéit, contente de voir clair dans la démarche à entreprendre. Elle se permet même d'imaginer les actions à accomplir pour que ses désirs prennent vie: les musiciens avec qui elle voudrait travailler, ce qu'il faudrait dire pour susciter leur intérêt, le répertoire qu'elle aimerait interpréter avec eux, les arrangements à écrire, les répétitions et tout le reste.

Elle rêvasse ainsi un long moment jusqu'à ce que des picotements gagnent ses jambes et l'obligent à se lever. Elle décide de se préparer une tisane, question de bouger un peu. Pendant que l'eau bout, elle fait quelques pas pour chasser l'engourdissement. Elle sent aussi le besoin de s'étirer pour apaiser la tension à la nuque qui commençait à réapparaître. Elle ne s'étonne même plus de ces fréquents inconforts physiques tellement ils lui sont familiers. Plusieurs fois par jour, une légère douleur, une sensation désagréable, un malaise musculaire passager lui rappellent qu'elle a un corps dont elle ne se préoccupe pas, qu'elle porte sa peau comme une enveloppe, sans l'habiter vraiment.

L'idée la ramène à table. Dans la colonne de gauche, elle écrit cet impératif à court terme : *Reprendre contact avec mon corps*. Dans celle du milieu, elle note à la hâte *Me mettre en forme physiquement* et *Recevoir des massages régulièrement*, comme si elle s'adressait à elle-même une mise en demeure.

Elle se lève à nouveau, boit une gorgée de tisane et soulève le carton à bout de bras pour relire à voix haute ce qu'elle y a inscrit depuis le matin. Elle n'y trouve aucune idée nouvelle. Sa voix lance dans l'air des phrases qui résonnent dans sa tête depuis longtemps. Ce qu'il y a d'inhabituel cette fois, c'est qu'elle perçoit avec lucidité d'où lui viennent ce sentiment de familiarité et cette sensation d'empêchement qui la tenaillent depuis longtemps. Ce qui n'était auparavant qu'une impalpable impression lui semble maintenant aussi concret qu'une gifle au visage. Elle serre les dents sur sa colère mais cela ne peut retenir les mots prêts à exploser. Alors elle hurle. Elle hurle de rage et chaque parole entre dans sa chair comme des petits couteaux.

— Je procrastine parce que j'ai peur, crisse! J'suis rien qu'une pas d'guts! Une maudite chieuse! Une lâche! Aaaaargh!

Elle jette le carton sur la table, agrippe le crayon feutre et le lance de toutes ses forces à travers la cuisine pour essayer de libérer le trop-plein d'énergie qui la secoue tellement qu'elle en tremble. Mais c'est trop tard. Le raz-de-marée monte de son ventre à toute vitesse et la submerge. Elle en a les jambes fauchées. Elle tombe par terre, surprise, et se noie dans le bouillon de larmes qu'elle ne peut plus retenir. Elle ne se souvient pas d'avoir déjà pleuré de cette façon, sans retenue, en longs sanglots plaintifs. Pendant quelques minutes, elle reste là à renifler comme une enfant inconsolable, assise sur le plancher de la cuisine entre la table et le frigo.

Épuisée, elle remonte finalement à la surface, se mouche un bon coup, puis jette un œil sur le carton. L'envie lui prend de tout balancer aux poubelles mais cela équivaudrait à se traiter de lâche une deuxième fois et elle n'en a pas la force. Et bien sûr, il y a le rectangle de droite, complètement vide sous les mots *QUI ÊTRE À LONG TERME.* Alors elle se résigne, soupire et s'assoit.

Pas de crayon. Il est quelque part à l'autre bout de la pièce. En allant à sa recherche, elle remarque la tache d'encre bleue incrustée sur le mur pâle. Le crayon trouvé, elle le replace sur la table et prend ensuite un chiffon et un nettoyeur tout usage sous l'évier afin de faire disparaître les traces de son impatience. Installée à nouveau devant le carton, elle prend une gorgée de tisane. Tiède... Elle se relève, encore, et fait chauffer la tasse quelques secondes au micro-ondes.

En toute autre occasion, elle aurait déjà perdu contenance à gaspiller ainsi son temps avant de se mettre à la tâche. Mais pour l'instant, n'importe quelle raison est suffisante pour retarder le moment de remplir la case de droite du carton car elle se méfie trop de ses réactions. Plus question de risquer la noyade une autre fois. C'est pourquoi elle peaufine lentement la phrase dans sa tête jusqu'à ce qu'il lui soit possible d'assumer chaque mot qu'elle écrira le moment venu.

Oser être une musicienne professionnelle, bien dans son corps, amoureuse pour vrai, qui contrôle sa destinée. « Bon, vu comme ça, ça semble simple même si le défi est plutôt lourd », pense-t-elle. Elle est satisfaite de constater que la phrase est conséquente avec ce qu'elle a écrit précédemment. Satisfaite et rassurée. Pas de crise. Pas de remous qui tourbillonne autour de son nombril et qui menace de l'engloutir jusqu'à ce qu'elle coule au fond d'elle-même. Elle a enfin terminé.

L'instant d'après, le carton est épinglé au mur du salon, le crayon, rangé dans le tiroir du bureau et la cuisine reprend sa fonction première. Elle a besoin de manger un morceau sans que rien n'évoque ce qu'elle appelle avec pudeur « ses petits désordres intimes ».

Après le repas, un vieux truc lui revient en mémoire. Pour l'aider à se préparer à un examen ou à un spectacle, son professeur de guitare lui avait appris à faire de la visualisation. La technique consistait à se représenter le déroulement d'une situation appréhendée et de s'imaginer en train de faire les bons gestes, de dire les bonnes paroles et de réagir de la meilleure façon possible afin de se préparer au succès plutôt que d'envisager l'échec. Au début, elle n'était pas très chaude à l'idée, trouvant l'approche un peu trop Nouvel Âge et vaguement zozotérique, mais elle avait tout de même consenti à essayer cette méthode d'autoconditionnement avant un examen d'instrument. Les résultats avaient été plus qu'étonnants mais, sans trop savoir pourquoi, elle avait abandonné cette pratique depuis.

Debout devant le carton, les poings sur les hanches, elle se dit qu'il y a là de quoi visualiser pour l'après-midi entier. Elle consacre donc deux bonnes heures à se représenter consciencieusement – et de façon positive – la discussion fatidique qu'elle aura un jour avec Marc. Elle passe aussi en revue les différentes facettes de sa future vie de musicienne à temps plein. Ensuite, allongée sur le canapé, elle s'imagine dans un centre de conditionnement physique, suant à grosses gouttes avant de s'abandonner aux mains expertes d'un massothérapeute qui, pourquoi pas, est beau, séduisant et disponible.

Le téléphone la ramène dans le présent. C'est Marc qui l'appelle de l'hôpital pour la prévenir qu'il arrivera plus tard que prévu.

– Ils m'ont supplié de faire un seize heures, explique-t-il.

– Ça va. Quand penses-tu être là?

– Un peu avant minuit, enfin, si tout va bien... C'est un zoo cette urgence-là. Des fois je me demande si c'était une bonne idée de faire mon internat ici. Zut, on m'appelle... Je dois te laisser. Bye!

Et il raccroche.

– Moi aussi, je dois te laisser, répond-elle en déposant doucement l'appareil.

Dans la soirée, elle s'oublie devant la télé. N'importe quoi pour s'engourdir l'esprit fera l'affaire. Ça tombe bien, c'est justement ce qu'il y a à l'horaire: n'importe quoi. Le carton est toujours là à sa place, tout près, mais elle fait exprès de ne pas le regarder. Fourbue de sa journée d'émotions, elle se met au lit vers vingt et une heures. Le carton reste épinglé au mur. Ce soir, elle a des audaces qu'elle ne se connaissait pas.

Un peu plus tard, le grincement de la porte d'entrée attire son attention. Marc retire son manteau et ses bottes et se dirige vers la salle de bains. Fébrile, elle tend l'oreille et épie chacun de ses gestes. Pendant qu'il se débarbouille, elle sent sa gorge se nouer à l'idée qu'il passera peut-être au salon pour regarder les nouvelles à la télé. Elle l'entend ouvrir la porte. Il traverse le corridor et vient se blottir doucement dans son dos. Elle fait semblant de dormir. Elle est finalement soulagée de ne pas avoir eu à affronter la tempête ce soir. Le sommeil la gagne, enfin, longtemps après les premiers ronflements de son chum.

Le lendemain, elle s'éveille bien plus tôt qu'à l'habitude. Elle n'a qu'une seule idée en tête : pas ce matin. Elle n'a pas envie de discuter de ses remises en question maintenant. Plus tard, peut-être. Ce soir par exemple. Ou demain. Ou dans les jours qui viennent. La semaine prochaine, au pire... Elle se lève sans bruit et se dirige du bout des pieds vers le salon pour y décrocher le carton. Il y a un endroit dans la salle de lavage où Marc ne regarde jamais : l'étagère la plus haute du placard où s'empilent un tas de choses inutiles. Elle s'y rend à la hâte. Juste au moment où elle ouvre la porte, des dizaines de cartons jaune très pâle lui tombent sur la tête. Sur chacun d'eux, écrit au crayon feutre bleu, on peut lire :

QUOI CHANGER À COURT TERME	QUOI FAIRE À MOYEN TERME	QUI ÊTRE À LONG TERME
• Ma relation avec mon chum	• Parler à Marc • Préparer mon déménagement	Oser être une musicienne professionnelle, bien dans son corps, amoureuse pour vrai, qui contrôle sa destinée
• Me remettre sérieusement à la guitare	• Jouer dans un band • Monter un show • Enregistrer en studio	
• Reprendre contact avec mon corps	• Me mettre en forme physiquement • Recevoir des massages régulièrement	

Découragée, elle ramasse les cartons étalés par terre et les range tant bien que mal dans le placard pendant qu'elle essaie de réprimer une vague qui se forme dans son ventre et qui monte vers sa poitrine.

Le paradis terrestre

DE L'ENDROIT où était placé mon pupitre près des grandes fenêtres de la classe, je pouvais voir les autos descendre vers la Basse-Ville. Je prenais plaisir à compter le nombre de véhicules rouges qui passaient en une minute ou à identifier la marque de chaque automobile, bref, n'importe quoi pour me distraire un peu de ma vie de petit élève studieux de première année. Le vent frais de ce matin d'octobre 1963 poussait vers mon école les odeurs d'arachides grillées qui venaient de l'usine de la Krispy Kernels. « Ça sent la pinotte », qu'on disait.

Soudain l'éclair frappa. L'institutrice toucha mon épaule en lançant d'une voix forte : « Je vous ai posé une question, alors répondez! Qu'est-ce que le paradis terrestre? » Moi qui étais plutôt fort en catéchisme, j'étais franchement pris au dépourvu. Le paradis terrestre... J'imagine que la journée où elle en avait parlé, je devais compter les mouches qui se cognaient le nez sur la fenêtre ou quelque chose du genre.

Parfois, quand je rêvais en classe, le paradis terrestre c'était les odeurs d'arachides grillées et le sourire d'Hélène Bernard, la première des nombreuses filles que j'ai aimées en cachette jusqu'à ce qu'elle fasse pipi par terre à côté de moi et que mes pieds trempent dedans. Mais ça, ce n'était sûrement pas une bonne réponse pour la maîtresse...

   — Alors?

   — Je l'sais pas, madame.

Je me rassis, désorienté. Les autos et les odeurs d'arachides ne me faisaient plus rêver. J'avais la tête vide.

Cette question sur le paradis terrestre me tortura toute la journée. À l'heure du salut au drapeau, je ne savais toujours pas quoi penser et mon esprit chercha en vain une réponse raisonnable jusqu'à ce que la cloche de l'école annonce la fin des classes pour l'avant-midi.

En retournant à la maison, je m'efforçai de trouver une manifestation quelconque du paradis sur terre. Il y avait bien l'orangeade Pure Spring qui était pour moi le summum de l'extase, surtout quand elle était glacée. Mais quand elle était tiède, l'orangeade me donnait mal au cœur. Je voyais mal comment l'incarnation du paradis terrestre pouvait provoquer la nausée. Je pensai ensuite à la voix de ma sœur quand elle chantait *Un Canadien errant* de sa voix douce et chargée d'émotion. Pour un moment, cela me sembla une hypothèse raisonnable. Par contre, c'était là la même voix qui criait comme une hystérique pour que je lui fiche la paix et que j'arrête de tirer sur sa jupe quand je voulais qu'elle s'occupe de moi. Cette voix-là avait parfois des inflexions qui n'avaient rien de paradisiaques.

En arrivant à la maison pour dîner, je demandai:

   — Maman, c'est où le paradis terrestre?

   — Certainement pas dans notre rue en tout cas. Lave-toi les mains, assis-toi pis mange.

Je m'enfermai dans le silence. Et personne ne remarqua le désarroi dans lequel me plongeait mon ignorance.

La semaine suivante, ce fut le grand bouleversement. On nous enleva nos petits catéchismes gris pour les remplacer par des livres neufs avec une joyeuse couverture orangée. On y trouvait plein de charmantes images de Jésus, Marie et Joseph. Nous allions dorénavant apprendre la « catéchèse » et, dans ce livre-là, on ne posait plus le genre de questions qui me créaient tant de problèmes… mais on n'y donnait pas toutes les réponses non plus.

J'étais condamné à chercher.

*

Certaines questions existentielles peuvent hanter l'esprit d'un enfant criblé de doutes pendant des années. C'était le 24 avril 1968 et je venais d'avoir mes dix ans et demi le matin même. Pour le jeune garçon que j'étais, l'image parfaite du paradis terrestre se résumait à bien peu de chose. D'abord, il ne pouvait être question des filles. Je n'avais plus l'âge de croire qu'elles donnaient des boutons mais je trouvais que « c'était bien trop de trouble », comme disaient parfois les gars expérimentés de treize ans. La quintessence du bonheur, ce n'était pas non plus le hockey ; pas pour moi en tout cas. La seule distinction que j'aie jamais reçue à ce sport est une médaille de participation parce que, selon l'entraîneur, je n'arrivais « jamais en retard aux pratiques » même s'il manquait rarement une occasion de me faire savoir que j'étais « toujours en retard sur le jeu ».

Non. La représentation la plus exquise de l'éden, c'était de pouvoir dire à ses amis dans la cour d'école : « J'ai fumé ma première cigarette. » Cette petite phrase, me semblait-il, me couvrirait d'une aura d'initié qui ferait mourir d'envie mes compagnons. Je savais qu'ils ne manqueraient pas de me poser toutes sortes de questions : « C'est-tu bon ? T'as-tu été malade ? T'as-tu été capable de la respirer ? L'as-tu fumée jusqu'au bout ? »

Plus encore, je sentais que je serais enfin détenteur du pouvoir mâle que seule, à mes yeux, la cigarette pouvait offrir. J'allais devenir un homme, enfin, à l'exemple de mon père, qui avait l'étonnante faculté de nous gronder sans jamais retirer la cigarette de sa bouche. De le voir tempêter après nous, le papier fin du bout filtre collé inexorablement à ses lèvres, était pour moi la marque d'un savoir-faire admirable. Il semblait dominer le monde derrière le voile de fumée diaphane qui l'entourait à tout moment de la journée.

Avec mes amis, il était souvent question de la cigarette et de ses pouvoirs magiques sur les petits garçons. Je savais que le jour initiatique approchait. Il arriva ce matin-là.

Puisque j'étais le plus jeune et le plus naïf de la bande, c'était moi qui héritais toujours des tâches les plus ingrates. « Ti-casse a eu l'idée et Juju a volé des allumettes à son père. Faut que tu fasses ta part. Va acheter les cigarettes. » Je n'avais pas riposté. J'allais donc devenir un homme le matin de mes dix ans et demi.

Je me dirigeai d'un pas craintif vers le coin de la rue où était situé l'humble commerce de quartier *Chez Chouinard épicerie licenciée*. En poussant la porte d'entrée, la clochette qui y était fixée sembla tinter plus fort que d'habitude, comme pour me rappeler le côté interdit de mon geste. Je connaissais bien la petite épi-

cerie, j'y allais presque tous les jours. Pourtant, ce
matin-là, la vitrine de bonbons me parut étrangère. Je
voyais à peine les étagères jaunies courbées sous le poids
des trop nombreuses boîtes de conserve. Même l'odeur
familière des quartiers de viande qui dégèlent sur la
grosse table de bois du boucher ne souleva pas chez moi
le dédain habituel.

Je n'ai pas remarqué si le propriétaire m'a salué ou
m'a demandé ce que je voulais. En fait, je ne l'ai même
pas vu puisque je regardais par terre, mort de peur. Tout
ce dont je me souviens, c'est d'avoir prononcé d'une
voix tremblante : « J'veux trois vraies cigarettes, s'il vous
plaît. » Devant mon attitude louche, M. Chouinard,
pourtant d'un naturel doux et calme, s'emporta. « Non,
non, non ! Tu commenceras pas à fumer à ton âge. C'est
pas une chose à faire à ton père pis ta mère. » Il me
donna alors une vigoureuse tape derrière la tête puis me
tendit un paquet de cigarettes Popeye. « Contente-toi de
ça pis r'commence jamais ce que tu viens de faire », dit-
il fermement.

Les quelques pas qui me séparaient de la sortie me
parurent interminables. Je n'avais jamais été aussi confus
de toute ma vie. Je savais que je venais de commettre un
acte susceptible de m'éloigner du paradis, mais je n'en
connaissais pas vraiment l'importance. En fait, je n'avais
jamais compris comment on établissait l'ordre de gravité
des péchés parce que, peu importe la faute que j'avais
commise, le bon abbé Matte – qui, comme plusieurs
locataires de confessionnaux de mon enfance, avait une
haleine plus propice à attirer les mouches que les
pauvres pécheurs – me donnait toujours la même
pénitence : trois *Je vous salue Marie*. Je savais cependant

que je n'avais pas sombré dans le péché mortel car Ti-Guy, le chef de la bande, m'avait déjà tout expliqué : « Pour un péché mortel, il faut qu'il y ait le mot "fesse" dans ta confession. » Je n'étais pourtant rassuré qu'à demi.

Mais le cauchemar ne faisait que commencer. En sortant de l'épicerie, toute la gang était là à m'attendre. « Pis... les cigarettes ? » demanda Ti-Guy d'un ton autoritaire. En silence, j'ouvris ma main et la tendis lentement vers lui. En voyant le petit paquet rouge vif de cigarettes en bonbon, il me jeta un regard méprisant et, en prenant son élan, il m'infligea une violente gifle au visage. « R'commence jamais ça avec moi », me cria-t-il. Il s'enfuit ensuite avec les autres, me laissant seul avec ma honte au cœur et ma joue gauche rougie par le coup. J'avais l'impression que toute la paroisse me regardait et j'étais prêt à jurer que M. Chouinard souriait dans mon dos en m'observant par la vitrine de son commerce.

Cette aventure m'avait coûté une chicane, un péché et deux gifles. Cet après-midi-là, je rentrai chez moi l'âme en petits morceaux. En arrivant, je dis à ma mère : « Maman, faut que j'te parle. J'aimerais ça que tu m'expliques comment ça marche les chicanes, les péchés pis les claques sur la gueule parce que là, j'comprends pus rien. » Trop occupée pour réfléchir à ma requête, elle répondit sans rien percevoir du trouble qui m'habitait : « Ah, t'es fatigant avec tes questions. J'ai pas l'temps, là. Rends-moi service. Cours jusque chez Chouinard, pis achète-moi un paquet de cigarettes. »

✳

La langue. Quand j'étais jeune, une grande partie de mes temps libres fut consacrée à me demander ce qu'on doit faire de sa langue au cours d'un baiser prolongé.

Déjà, vers onze ou douze ans, mon esprit était assailli par une foule de questions sur le sujet : si on pousse la langue trop loin, est-ce que la fille peut avoir mal au cœur? Si on donne un *french kiss* dehors en plein hiver, les deux langues peuvent-elles rester collées? Si j'ai une gomme Bazooka presque neuve, est-ce nécessaire de la jeter? Si c'est elle qui en a une et que dans l'échange elle se retrouve dans ma bouche, suis-je vraiment obligé de la lui rendre?

Il m'arrivait aussi de penser que le moment venu, je n'aurais qu'à laisser pendre ma langue hors de ma bouche en espérant que ma partenaire sache quoi faire. Mais en répétant ce geste devant le miroir, je compris rapidement que j'avais l'air au mieux d'un chiot essoufflé et, au pire, d'un parfait imbécile. Je n'osais pas en parler avec mes amis, de peur de passer pour le petit niaiseux du groupe.

En grandissant, je trouvai par moi-même les réponses à quelques-unes de ces questions. Cependant, j'étais toujours aussi tenaillé par le doute quant à ma capacité d'être à la hauteur de la situation au moment fatidique de mon premier baiser de langue. J'avais bien compris qu'un *french kiss* se donnait la bouche ouverte. Je n'étais quand même pas idiot. Mais je n'en avais jamais vu. Il était clair que cet exemple ne viendrait pas de ma famille. En notre présence, mon père et ma mère n'ouvraient la bouche que pour se reprocher des millions de choses. Quant à mes frères et sœurs, ils fermaient toujours la porte du salon lorsqu'ils étaient en pleine séance de *necking* et j'avais bien trop peur de ce qui m'attendait si j'étais surpris à les espionner.

Après des mois et des mois de questionnement, je tentai d'en discuter d'homme à homme avec mon grand frère.

— C'est simple, le jeune. Tu prends la fille dans tes bras. Tu l'embrasses en bougeant la langue. C'est tout.

— Oui mais je la bouge lentement ou à toute vitesse? Pis pendant combien de temps? demandai-je anxieusement.

— Me semble que tu te poses trop de questions. Tu trouveras ben quoi faire quand ça arrivera, répondit-il en souriant.

Puis, il murmura sur le ton de la confidence:

— Tu vas voir. La langue d'une fille, c'est encore plus doux que tout ce que tu peux imaginer…

Il y avait dans son regard le même éclat que celui que l'on voit dans les yeux des illuminés qui parlent de leur rencontre avec Jésus.

— C'est aussi doux que ça? dis-je, impressionné.

— Encore mieux, lança-t-il sur le ton de celui qui sait.

Il me tourna ensuite le dos, inconscient de mon désarroi.

Ce n'est que quelques années plus tard que j'affrontai le problème par mes propres moyens. Ma famille et moi passions les mois d'été dans un chalet à la campagne. Je ne sais pas pourquoi la cousine gaspésienne de mon meilleur ami avait décidé que je serais son *summer lover*. Nous nous étions connus par une chaude soirée du début d'août où, pendant quelques heures passées entre copains, nous n'avions échangé que des regards furtifs et des banalités. Vers la fin de la soirée, toute la troupe s'était mise en route pour une balade en forêt à la lueur de la lune.

Tous les gars se disputaient le plaisir de marcher à ses côtés dans le chemin forestier; moi y compris. Après quelques centaines de mètres, le sentier devint plus étroit, nous obligeant à avancer deux par deux. Marie et moi fermions la marche. Puisque nous prenions plaisir à ralentir le pas, le reste du groupe prit rapidement une bonne avance sur nous.

La connivence était tangible. Nous étions sensibles aux mêmes odeurs. Nous aimions les mêmes chansons. Nous n'étions qu'adolescents et, pourtant, nous rêvions comme nos frères et sœurs plus âgés d'un pays à bâtir dans l'urgence et la passion. Sa voix et son rire sec et sonore me rendaient joyeux quand elle en parlait.

Marie était consciente du pouvoir d'attraction qu'elle exerçait, mais jamais elle n'affichait cet air de suffisance que donne parfois l'assurance de leur beauté aux jeunes adolescentes. Cela me plaisait beaucoup et déjà, à mes yeux, sa chevelure blonde et son sourire illuminaient tout autant la nuit que la lune et les étoiles.

Après un long moment de silence, elle demanda:

– Il y a un spectacle de Leclerc, Vigneault et Charlebois à Québec la semaine prochaine. Ça te tenterait d'y venir avec moi?

À peine avais-je eu le temps de répondre oui dans un sourire qu'elle me dit:

– Je connais ton adresse en ville, mon cousin me l'a donnée. Je serai chez toi vendredi vers sept heures du soir. Bon. On ferait mieux d'aller rejoindre les autres avant qu'ils se mettent à inventer des farces plates à notre sujet.

Puis, sans que je puisse prévoir son geste, elle m'embrassa rapidement sur les lèvres avant de s'élancer à toute vitesse à la rencontre de la bande, à quelques dizaines de mètres de nous. Je restai quelques instants sur place, le souffle à demi coupé. Je la regardais courir avec étonnement, comme si elle avait été un elfe magnifique s'enfuyant après avoir effleuré ma bouche, laissant sur son passage une traînée lumineuse dans la forêt sombre.

Le 13 août 1974, à 19 heures précises, Marie sonna à la porte. Le cœur serré, je me précipitai vers l'entrée. Elle était là, affichant un sourire déterminé et charmeur. Elle me salua et serra la main de mes parents.

— T'es prêt?

Je n'ai pas eu le courage de lui avouer que je l'étais depuis au moins une heure.

— Donne-moi deux minutes et j'arrive.

Ce soir-là, le cœur de la ville de Québec semblait battre plus fébrilement qu'à l'habitude. Comme cent mille autres personnes au moins, nous marchions d'un pas tranquille à la reconquête des plaines d'Abraham. Arrivés sur place, nous nous sommes faufilés lentement à travers une marée humaine joyeuse et bigarrée. Après avoir marché sur les pieds d'une dizaine de personnes, nous avons trouvé un petit coin de gazon inoccupé près de la scène.

À la tombée du jour, le spectacle d'ouverture de la Superfrancofête commença. Félix Leclerc fit son entrée sur scène et entonna *Moi mes souliers*. Sa voix rassurante fit glisser un courant de chaleur parmi la foule. On aurait dit que la brise apaisante qui nous enveloppait à cet instant magique prenait naissance dans son souffle. Ensuite, Charlebois interpréta *Lindberg*. L'excitation de la foule était si grande qu'il était difficile d'entendre les paroles de la chanson. Puis, Vigneault porta le coup de grâce en chantant *Mon pays*. L'émotion qu'il jetait à tous vents à chacun de ses larges gestes était telle que nous avions l'impression qu'elle retombait sur chacun de nous. Marie prit ma main et la serra très fort. Je l'enveloppai de mes bras, incapable de parler. Nous savions que le moment était historique. Il y avait trop d'innocence et de pureté fraternelle dans ce rassemblement pour que ce ne soit pas la soirée de tous les possibles. Nous vivions un instant béni où des francophones de partout sur la planète inspiraient et expiraient en même temps, portés par la voix de trois géants qui chantaient le pays à faire et l'amour à semer.

Moi, pendant ce temps, je serrais dans mes bras la plus belle Gaspésienne du monde, perdu au milieu d'Africains en costumes nationaux, de Français, de Belges, de Suisses, de Vietnamiens et d'autres encore. Les allures si peu coutumières de cette foule créaient, pour Marie et moi, un étrange et agréable sentiment d'intimité. Nous échangeâmes fébrilement quelques baisers pudiques. Plus le spectacle se déroulait, plus le public était pendu aux lèvres des trois grands artistes… et moi, à celles de Marie. Comme bien des adolescents romantiques ce soir-là, nous pensions que Félix Leclerc chantait seulement pour nous :

> *Nous partirons, seuls, loin*
> *Pendant que nos parents dorment*
> *Nous prendrons le chemin*

Nous prendrons notre enfance [...]
Et beaucoup d'espérance [...]
*Nous sortirons par l'horizon**

L'instant aurait été parfait si je n'avais pas vu venir avec appréhension le moment fatidique du premier *french kiss*. Nos étreintes étaient trop fougueuses et trop pleines d'émotions pour que ça ne se passe pas ce soir-là. Je me trouvais idiot de manquer d'audace car je savais qu'elle ne serait pas offusquée d'une telle initiative. J'avais peur simplement qu'elle me trouve maladroit. J'avais peur... simplement. J'espérais que Robert Charlebois ne se mette pas à chanter à tue-tête « Chu d'dans, en plein d'dans jusqu'aux dents** », craignant que Marie me regarde en pouffant de rire.

Jusqu'à la fin, le spectacle fut une suite ininterrompue d'élans d'allégresse et d'émotions. Personne ne voulait voir cette soirée s'achever, moi encore moins que quiconque. J'avais un *french kiss* à donner avant le dernier rappel. Si je ne profitais pas de la magie de l'événement, plus jamais je n'aurais une aussi belle occasion de donner un baiser de langue de toute ma vie.

Pour terminer le récital, Charlebois, Vigneault et Leclerc chantèrent *Quand les hommes vivront d'amour****.

---

*   *Complot d'enfants*, paroles et musique de Félix Leclerc, Éditions Tutti et Archambault.

**   *Chu d'dans*, paroles de Marcel Sabourin, musique de Robert Charlebois, Éditions Conception et Éditions Expérience.

*** *Quand les hommes vivront d'amour*, paroles et musique de Raymond Lévesque, Les éditions musicales Patricia et la Société d'éditions musicales internationales.

Leurs voix semblaient libérer le sens de chaque mot qui nous frappait au corps de plein fouet. Ce n'était plus une humble chanson connue depuis longtemps mais un hymne à l'amour et à l'humanisme ; l'expression émouvante d'un incontournable besoin de paix sur terre. Pareils à cent mille hommes et femmes d'ici et de tous les ailleurs de la planète, Marie et moi étions troublés jusqu'aux larmes, le cœur gonflé par l'émotion. Elle m'a alors regardé en criant presque :

– EMBRASSE-MOI. EMBRASSE-MOI FORT, MAINTENANT !

J'ai fermé les yeux, abandonnant mes peurs à la furie délicieuse de l'instant. C'était aussi doux que l'avait dit mon frère. Je me souviens de la lumière de son regard lorsqu'elle souleva les paupières. Et je me souviens de ses paroles, ses si douces paroles qu'elle prononça lentement, avec ferveur :

– J'aime quand tu m'embrasses comme ça…

Et c'est alors que me revint en mémoire la douloureuse quête qui me tenaillait depuis ma petite enfance. Pendant des années, j'avais cherché sans répit la réponse à une troublante question et Marie me la donnait sans s'en rendre compte. Je venais de trouver, dans ses paroles apaisantes et le toucher humide de nos langues agitées, le paradis terrestre.

Femme de lumière

ELLE ÉTAIT ADOSSÉE au mur de la maison ancienne qu'elle habitait dans le Vieux-Lévis. Son corps légèrement penché vers l'arrière était offert tout entier à l'éclat du jour. C'est toujours à ce moment-là qu'il la trouvait la plus radieuse. Les passants distraits auraient pu croire qu'elle prenait une pause-soleil par besoin de chaleur ou pour donner un peu de couleur à son visage, mais ceux qui l'observaient bien comprenaient que c'était à la lumière qu'elle s'abandonnait, se laissant habiter par elle.

Depuis longtemps, Francis s'était rendu compte, en regardant vivre Alexe, que la lumière était pour elle un refuge les jours où elle avait le cœur écorché par les laideurs du monde et que la vie se déguisait en vieille salope. C'était un de ces jours-là. C'est ce qu'il avait compris en entendant, au téléphone, sa voix fragile qu'on aurait dit fêlée par la tristesse. Il était parti de chez lui aussi vite que possible pour venir la rejoindre.

Il la contempla quelques instants avant d'avancer vers elle. En le voyant approcher, Alexe ouvrit les bras et, en silence, plaça son nez dans le cou de Francis. Elle lui faisait penser à un oiseau qui prend le temps de s'installer en faisant de tous petits mouvements quand il revient au nid.

Francis était habitué aux états d'âme changeants de sa copine. D'une énergie vive et d'allure flamboyante, elle pouvait parfois être emportée par une vague de mélancolie après d'intenses moments de joie. Cela semblait inscrit en elle depuis toujours. Lorsqu'elle était ainsi perdue dans ses ailleurs, il ne pouvait faire grand-chose sauf la prendre dans ses bras et la bercer lentement durant de longs moments. Elle demeurait alors silencieuse, abandonnée sur la poitrine de Francis comme une petite fille inquiète. Il aurait aimé lui offrir plus, mais il sentait qu'en agissant de la sorte, il aurait pénétré dans une zone qui lui était interdite.

Elle l'attira ensuite lentement à l'intérieur, jusqu'à la chambre. Il savait ce qui l'attendait et y consentait avec plaisir, même si le regard plus triste qu'à l'habitude de son amante le tourmentait. Elle le dévêtit avec une infinie délicatesse, presque méticuleusement. Il imita ses gestes et leurs caresses à la fois douces et fermes allumaient de petits feux sur leur corps. Les cheveux mi-longs, épais et soyeux de la jeune femme voilaient souvent son visage, ce qui donnait à leurs ébats un air légèrement désordonné qui plaisait beaucoup à Francis. Comme à son habitude, elle laissa les stores de la chambre entrouverts pour permettre à la lumière de se frayer un chemin jusqu'à leurs corps animés. C'était là une règle chez elle. Elle ne faisait jamais l'amour dans le noir. Quand leurs étreintes avaient lieu la nuit, elle allumait chaque fois quelques chandelles ou une veilleuse discrète. Un jour qu'il l'interrogeait à ce sujet, elle répondit : « C'est pour voir tes yeux. J'y tiens. »

Au début, ces moments étaient toujours plus qu'un simple abandon aux plaisirs charnels. Le jour où elle a ouvert les bras à Francis, c'est un pays fabuleux qu'Alexe lui a offert : celui de la liberté. Avant de la rencontrer, il était en exil de lui-même. Pas étonnant que les premières fois qu'ils ont fait l'amour, il ait eu l'impression d'être un naufragé qui touche enfin terre.

Depuis quelques semaines, leurs élans étaient devenus un peu plus prévisibles et de moins en moins ponctués de feux d'artifice. Cependant, Francis prenait toujours plaisir à faire l'amour avec elle, même si la jouissance se faisait plus discrète. L'important pour lui était d'être avec Alexe ; au plus doux et au plus chaud d'elle. Il acceptait que la passion fasse place à la tendresse. Comme maintenant.

Francis s'abandonna à la paresse indolente qui vient après les élans du corps, même s'il trouvait sa blonde plus distante et plus silencieuse qu'à l'habitude. Laissant son esprit divaguer, il pensait aux règles tacites qui s'étaient installées entre elle et lui. Ils se fréquentaient depuis près d'un an, pourtant ils se voyaient peu. Elle avait sa vie, lui, la sienne. Son métier de photographe la tenait occupée à des heures impossibles. Francis, lui, était une bête un peu sauvage qui ne demandait qu'à être apprivoisée. Alexe semblait aimer les créatures indomptées, probablement par affinité. Il était clair cependant, qu'elle n'avait aucune envie de les domestiquer. Pour cette raison, son amant occupait dans sa vie la place plus ou moins restreinte qu'elle lui laissait prendre. Il lui offrait dans la sienne toute celle qu'elle voulait. S'il arrivait très rarement à Francis de prononcer les mots « jamais » et « toujours » au sujet de sa vie affective, l'idée d'une relation à long terme avec elle commençait à lui effleurer l'esprit. Il aurait osé lui en parler s'il n'avait senti chez elle une réelle retenue.

Après un moment, Alexe se leva lentement et enfila un long chandail de coton directement sur son corps nu. D'une voix à peine audible, elle lui demanda de la suivre au salon. Elle avait des choses à lui dire. Ne pouvaient-ils pas rester étendus et discuter tranquillement? se risqua-t-il à suggérer. Son invitation n'avait rien de sous-entendu. Il savait qu'elle n'était pas bien et croyait qu'en étant allongé contre elle, sa peau collée à la sienne, il pourrait mieux la consoler.

Il n'avait pas fini sa phrase qu'elle était déjà dans l'autre pièce à l'attendre en silence.

Il s'habilla donc à son tour et la retrouva là. Elle regardait par la fenêtre, un verre d'eau à la main. En se retournant vers lui, elle souffla :

— J'aimerais te parler de mon enfance, mais j'ai peur de ne pas être capable de terminer mon histoire. Est-ce que tu peux m'écouter sans trop m'interrompre?

— Bien sûr, répondit-il un peu surpris.

— Si je m'égare dans mes souvenirs, veux-tu m'aider à retrouver le fil?

Il fit oui de la tête avec le plus de tendresse possible dans les yeux. Francis était étonné qu'Alexe veuille enfin lui confier quelques secrets remontant au temps où elle était une fillette, elle qui était habituellement si réservée au sujet de son passé.

— Dans le plus ancien souvenir que j'ai de ma vie, je suis assise sur les genoux de mon père et je suis heureuse, dit-elle dans un léger sourire. Ça se passait souvent le soir après le repas. Je me collais contre lui et je sentais sa chaleur dans mon dos. Il avait toujours un grand livre dans ses mains. Un livre d'art. Mon père était aquarelliste amateur et il l'avait acheté avec ses maigres économies. C'était un grand luxe pour l'époque.

Elle fit une pause et but une gorgée d'eau. Elle tendit le verre à Francis qui imita son geste.

– Mon père faisait bien plus que me montrer les images. Il choisissait une illustration puis il me disait : « Il y a de la lumière cachée dans ce tableau. Est-ce que tu peux la trouver ? » Au début, je n'y arrivais pas toute seule alors il m'aidait : « Tu vois, il y a des petits morceaux de soleil là, sur l'arbre, sur la pelouse, sur le chapeau du monsieur... » Plus tard, quand on refaisait le même jeu, il m'invitait à montrer du doigt les touches de lumière dans les toiles reproduites dans son album. Parfois, quand nous allions marcher avec ma mère, il s'arrêtait en chuchotant avec la voix de quelqu'un qui vient de surprendre une petite bête sauvage : « Ne bouge plus ! Regarde le pommier devant toi. Vois-tu comment le soleil le rend plus beau ? » Moi, je répondais toute contente : « Oui, les feuilles sont brillantes, papa. Les feuilles sont brillantes, brillantes ! »

Alexe avait prononcé la dernière phrase avec une voix que Francis ne lui connaissait pas ; celle qu'elle avait probablement quand elle était une gamine heureuse et insouciante.

– Tu te rends compte ? reprit-elle, je n'allais même pas à l'école et mon père m'apprenait déjà à chercher la lumière. Je crois que c'est le plus beau cadeau que l'on m'ait fait dans la vie.

Elle resta figée un temps, comme si elle avait été happée par un nuage surgi de sa mémoire. Francis lui caressa tout doucement le bras pour la ramener, sans la brusquer, dans le présent.

— Tu ne peux pas imaginer le plaisir que je prenais à jouer avec lui à ce jeu de devinettes, reprit-elle soudainement. Quand je trouvais, j'avais un bisou. Si je me trompais, j'avais une chatouille. Je n'étais jamais perdante ; j'aimais les deux... et j'aimais mon père.

Elle continua son récit pendant que Francis voyait la nostalgie dessiner lentement de petites traces d'ombre dans les yeux de son amante.

— Ce jeu-là a duré longtemps. Des années. Avec le temps, mon père me proposait des défis de plus en plus difficiles. Ça s'est terminé... ça s'est terminé la journée de mon septième anniversaire, souffla-t-elle avec un léger chat dans la gorge. Ce jour-là, il m'a amenée au Musée du Québec. Je n'avais jamais vu de vraies toiles auparavant. Je les trouvais tellement grandes, tellement lumineuses que j'en restais muette d'admiration. Nous avons joué à chercher la lumière pendant une heure au moins. Les minutes s'enfilaient les unes aux autres, pleines de découvertes, de bisous, de chatouilles et de connivence. Au moment où je commençais à me sentir fatiguée, mon père m'a dit : « Viens. J'ai un dernier tableau à te faire voir. » J'ai mis ma main dans la sienne et je l'ai suivi. Il avait l'air de savoir exactement où il s'en allait. Après avoir marché assez longtemps, il s'est penché en plaçant son visage à la hauteur du mien et m'a demandé si j'étais prête. J'ai répondu oui sans savoir ce qui m'attendait. Il m'a fait pivoter à quatre-vingt-dix degrés. Je me trouvais devant une peinture si impressionnante que j'étais incapable de contrôler mes émotions. Je souriais et, en même temps, j'avais une immense envie de pleurer qui me submergeait. Je me suis tournée vers mon père qui semblait presque aussi ému que moi et j'ai dit : « Papa, j'suis toute mêlée. Je l'sais plus si j'suis triste ou joyeuse en dedans de moi. » Il m'a essuyé le visage lentement en murmurant : « C'est pas grave ma chouette, t'es belle pareil. Quand tu pleures et que tu souris en même temps, c'est comme quand il pleut et qu'il fait soleil. Ça fait des arcs-en-ciel dans tes yeux. »

Alexe semblait être exactement dans le même état que celui qu'elle décrivait. Elle souriait en racontant ce souvenir pendant que des larmes commençaient à mouiller ses joues. Francis lui en fit la remarque.

— Excuse-moi. Je me conduis en petite fille…

— Tu n'as pas à t'excuser, répliqua-t-il. Tu as le droit d'être une petite fille avec moi.

Il s'approcha d'elle et la prit dans ses bras. Elle accepta ses douceurs quelques instants, puis se ressaisit.

— Il faut que j'aille jusqu'au bout de mon histoire.

Elle se dégagea lentement de l'étreinte. Elle prit ensuite une grande respiration et enchaîna.

— La toile était une œuvre d'Horatio Walker : *Labourage à l'aube.*

— Je la connais cette peinture, dit Francis. Tu en as une reproduction au-dessus de ton lit, non ?

Elle fit un léger signe affirmatif d'un battement de paupières. C'était en effet une fresque grandiose. Ce n'était pas tant le sujet, mais l'aspect dramatique du tableau qui retenait l'attention. Il représentait un attelage de bœufs tirant de toutes leurs forces une charrue dont le soc, solidement planté au sol, retourne la terre grasse. Un paysan, tenant une houe au bout de son bras levé, donne à penser que la force de l'homme et celle de la nature sont liées l'une à l'autre.

Alexe expliqua que son regard avait d'abord été attiré par l'éclat du ciel, dont la luminosité occupait plus du tiers de la superficie de la toile. Ensuite, elle avait facilement repéré la lumière déposée en fines paillettes pourpres, jaune ocre et rouges sur le flanc des bêtes et sur l'arrière de la silhouette de l'homme brandissant le grand bâton. En continuant sa recherche, elle avait découvert le deuxième personnage à l'extrême droite de l'œuvre. Elle avait alors fièrement indiqué de l'index le reflet du soleil sur le côté de l'homme et sur l'un des montants de sa charrue. Son père lui avait souri en guise d'approbation.

La suite avait été plus difficile. Il lui avait fallu un certain temps pour remarquer les touches de lumière disséminées ici et là sur le sol devant les bêtes et entre leurs lourdes pattes, ainsi que celles autour des deux hommes. Sa dernière découverte lui avait procuré beaucoup de plaisir. Elle avait admiré pendant de longs moments le faîte des labours illuminés par le soleil levant, avant de les montrer à son père.

– Je lui ai dit : « Je les ai toutes trouvées, hein papa ? » Sa réponse ne fut pas celle que j'attendais. « Presque toutes, ma belle. Il t'en manque seulement deux. » Devant mon air déçu, il m'a caressé les cheveux en murmurant doucement : « C'est pas grave. Tu les trouveras bien… Viens, on retourne à la maison. »

– Est-ce que je peux te poser une question ? osa Francis d'une voix douce.

– Vas-y.

– Depuis mon arrivée, je vois bien qu'il y a quelque chose qui te rend triste. Le problème, c'est que je n'arrive pas à faire le lien entre tes émotions et l'histoire que tu me racontes.

– Je comprends, fit-elle en baissant la tête.

Puis, avec une mer d'eau salée au bord des cils, elle chuchota : « C'est difficile. C'est tellement difficile... » Il lui fallut un long moment pour reprendre son récit en cherchant ses mots.

– Le soir, en cadeau d'anniversaire, mon père m'a donné une reproduction de l'œuvre de Walker ; celle qui est dans la chambre. Il m'a dit : « Maintenant, tu as toute ta vie pour chercher la lumière que tu n'as pas encore vue. »

En écoutant Alexe, Francis découvrait pourquoi elle était devenue photographe. Il comprenait aussi pourquoi elle avait fait de la recherche de la lumière sa seule arme contre l'engourdissement de l'âme.

Elle raconta ensuite qu'elle était montée se coucher très tôt ce soir-là, épuisée par les émotions de la journée. Le lendemain matin, en s'éveillant, elle s'était ruée sur la reproduction déposée au pied de son lit pour tenter de trouver ce qui lui avait échappé la veille.

– À un moment donné, mon œil a buté sur ce qui ressemblait à des petites boules jaunes sur le bout des cornes des bœufs en avant-plan. J'étais tellement contente que j'ai crié : « Papa ! J'ai trouvé la lumière. Je l'ai trouvée ! » J'étais surprise de ne pas entendre de réponse de sa part. Je suis sortie en courant de ma chambre et en regardant au pied de l'escalier, j'ai vu ma mère en pleurs, silencieuse. Deux de mes tantes essayaient de la consoler. J'ai tout de suite compris. Mon père avait fait un infarctus massif et était mort pendant la nuit.

Elle fit une longue pause.

— Mon enfance s'est arrêtée là, murmura-t-elle en esquissant un léger sourire.

Il y avait dans le subtil retroussé de ses lèvres autant de mélancolie que peut en contenir un dimanche pluvieux de novembre. Elle était maintenant assise sur le large rebord de la fenêtre, et la lumière vive qui l'auréolait par derrière en cette journée de printemps créait un contraste presque indécent avec ses états d'âme.

— Tu es le premier homme de ma vie à qui je raconte cette histoire, avoua-t-elle.

— Pourquoi moi?

— Parce que je savais que toi, tu pouvais me comprendre… et que tu ne me ferais pas d'histoires.

Il était à la fois flatté de sa remarque et désolé de la savoir si morose.

— Je ne vois pas pour quelle raison j'aurais envie de faire des histoires, répliqua-t-il.

— Parce qu'il y a autre chose…

Elle resta muette un long moment. Elle se mordillait légèrement la lèvre inférieure pendant que son regard effleurait les objets autour d'elle sans jamais se poser sur l'un d'eux. Elle releva enfin les yeux vers lui. Puis, avec une voix trop douce pour qu'il puisse un jour lui en vouloir, elle dit:

— Quand les hommes n'ont plus de lumière dans les yeux en faisant l'amour avec moi, je les quitte. Je ne sais pas comment vivre autrement. Nous en sommes rendus là, toi et moi. Tu es tendre, doux, affectueux, mais je sens bien que je ne t'allume plus comme avant. Je sais que je t'aime et que je t'aimerai encore longtemps. Mais je décide de ne pas te choisir. Alors pars, s'il te plaît. Pars tout de suite avant que je m'attache trop à toi et que je m'y perde.

Francis était terrassé. Il n'avait pas vu venir le coup. Il se leva avec lenteur. En prenant la tête d'Alexe entre ses mains il couvrit de baisers doux son visage et ses cheveux. Ils pleuraient tous les deux en silence. Il ravala ses mots, sa salive et quelques « Je t'aime » qui n'auraient fait que rajouter à la tristesse du moment. Ensuite, il s'éloigna d'elle lentement, à reculons, comme un visiteur qui tarde à se détacher d'un tableau qu'il aime, ému par les jeux d'ombre et de lumière. Il gardait les yeux soudés à ceux d'Alexe afin de retarder l'instant où il aurait à lui tourner définitivement le dos. Il était maintenant à deux pas de la porte. D'un petit signe de la tête, ils ont convenu qu'il était temps de s'arracher au regard de l'autre. Alors, sans hâte, Francis a ouvert la porte, exactement au moment où elle se retournait face à la fenêtre pour s'offrir à la lumière.

L'émission de radio

La 20 semblait aussi longue que la nuit. Louis roulait vers Montréal sans se presser, détournant systématiquement les yeux lorsqu'il croisait les grands panneaux signalétiques indiquant le nom des localités qui se trouvaient au bout de chaque sortie. Il espérait tenir ainsi au moins jusqu'à Belœil, comme toutes les fois qu'il faisait ce trajet. La lecture assidue de ces panneaux lui paraissait futile : d'abord, cela ne servait qu'à mesurer la lenteur de sa progression sur la route ; ensuite, les noms, il les connaissait par cœur : Saint-Agapit / Saint-Antoine-de-Tilly / Saint-Apollinaire, Issoudun, Sainte-Croix / Laurier-Station / Saint-Flavien, Joly, Val-Alain, Villeroy / Deschaillons, Manseau / Les Becquets, Lemieux / Saint-Louis-de-Blandford et, de là, encore cent cinquante kilomètres jusqu'à Montréal.

C'est par obligation qu'il se rendait cette fois dans la métropole et cela ne lui tentait guère. Pour cette raison, il avait retardé son départ jusqu'à l'extrême limite. Il prévoyait arriver à destination vers 8 h 30, compte tenu de la circulation quasi inexistante en fin de nuit. Il éteignit la radio, car il voulait réfléchir à plusieurs choses en lien avec ce qu'il allait faire à Montréal.

Depuis quelques années, Louis entretenait une passion pour l'écriture, dont il avait exploré diverses formes : d'abord le journal personnel, puis, plus sérieusement, la poésie, la nouvelle ainsi que les textes de chansons. Comme tous ceux qui ont une quelconque ambition d'écrire, il cachait aussi dans ses tiroirs l'ébauche d'un roman très prometteur à ses yeux, qui ne contenait pour l'instant qu'une trentaine de pages.

Pour assouvir sa passion et apaiser le sentiment d'urgence qui l'étreignait à ce sujet depuis qu'il avait atteint la quarantaine, il envisageait de prendre un congé à traitement différé afin de consacrer une année entière à l'écriture. À l'école où il travaillait comme orthophoniste, le directeur lui avait promis de ne pas créer d'empêchement à ce projet. Louis devait d'ailleurs lui faire part de sa décision dans la semaine à venir. Il était d'autant plus motivé à tenter l'expérience que le recueil de poésie auquel il avait sacrifié une grande partie de ses temps libres depuis deux ans venait tout juste d'être publié. C'est justement pour discuter de ce recueil à une émission consacrée aux poètes d'aujourd'hui qu'il avait rendez-vous ce matin-là dans une station de radio communautaire.

Il avait ressenti un certain malaise quand son éditeur lui avait présenté la chose. Sur un ton qui ressemblait autant à une supplique qu'à un conseil que l'on est obligé de suivre, celui-ci avait déclaré :

— Je te demande juste de ne pas mentionner que tu travailles dans une école. C'est préférable que l'on croie que tu écris à temps plein. Ça fait plus sérieux.

— Ça n'a pas de bon sens ! Tu connais beaucoup de poètes au Québec qui gagnent leur vie avec l'écriture, toi? Et tu t'imagines que la personne qui va mener l'entrevue sera dupe?

— Non, bien sûr que non, mais le public, peut-être. C'est une convention. Tu sais, je suis un petit éditeur et, en plus, c'est tellement difficile d'attirer l'attention sur un ouvrage de poésie... Tu es privilégié d'obtenir cela. Alors fais-moi plaisir, fais ce que je te demande.

C'est donc sans enthousiasme à propos du « privilège » de participer à une émission anonyme diffusée tôt le dimanche matin sur les ondes d'une station peu écoutée que Louis traversa le pont Jacques-Cartier. Il trouva l'endroit sans difficulté puisqu'il connaissait bien Montréal. Comme il restait encore un peu de temps avant l'heure prévue pour le rendez-vous, il décida de déjeuner très légèrement dans un café à deux pas de là.

À 9 heures précises, il se présenta à la réception de la station de radio où une femme dans la trentaine s'informa d'un air convenu de ce qu'elle pouvait faire pour l'aider.

— J'ai rendez-vous avec Mlle Le Roi, l'animatrice de l'émission *L'aube décatie*. Je dois participer à...

Sans attendre la fin de sa phrase, la réceptionniste lui dit:

— Vous êtes en avance. L'émission n'est qu'à 9 h 30 et les premiers invités n'entrent jamais en ondes avant 9 h 40.

Louis était un peu surpris, car on lui avait demandé de se présenter une demi-heure avant le début de l'émission, question de rencontrer l'animatrice et de discuter de l'entrevue. À l'invitation de la réceptionniste, il prit place sur une petite chaise droite. Le décor ambiant de même que le confort plus que relatif de la chaise lui firent penser que la station disposait probablement de moyens financiers fort limités.

Par ailleurs, l'horloge inesthétique à laquelle il faisait face lui rappelait implacablement le retard de Mlle Le Roi. Chaque minute d'attente faisait croître sa nervosité. Un quart d'heure plus tard, voyant l'air anxieux de Louis, la réceptionniste lui souffla :

– Ne vous inquiétez pas monsieur, elle va venir. C'est une animatrice compétente et sérieuse.

Il eût fallu plus que ces paroles pour apaiser ses craintes grandissantes. Seconde après seconde, il sentait monter en lui l'insoutenable désir de se dérober à cette situation qui le rendait de plus en plus mal à l'aise. S'il en avait eu le courage, il aurait détalé comme une bête affolée s'enfuit devant un feu de forêt. Mais il restait là, figé sur son siège, plongé dans une intense réflexion qui tournait invariablement autour des mêmes idées négatives : « Qu'est-ce que je fais ici ? Peut-être qu'elle m'a oublié… Peut-être qu'elle ne m'a pas oublié mais qu'après avoir lu mon livre, elle a préféré ne pas me rencontrer. Peut-être qu'elle n'a même pas lu mon recueil. De toute façon, qui s'intéresse à la poésie d'un inconnu ? Qui s'intéresse à la poésie, point ? »

Puis, vers 9 h 20, coupant court à l'autoflagellation silencieuse de Louis, l'animatrice fit irruption en coup de vent.

– Allô Mimi, fit-elle d'une voix un peu essoufflée.

– Bonjour Lise, répondit la réceptionniste. Il y a là un monsieur qui t'attend depuis 9 heures.

– Oui, je sais.

« Bonjour », fit-elle en tournant momentanément la tête vers Louis, le regardant à peine. Elle se dirigea vers son studio puis, s'arrêtant brusquement, elle lui lança :

– Venez vous asseoir dans la salle de régie. Vous passerez de mon côté quand on vous fera signe.

∗

« Bon matin, mesdames et messieurs. Voici *L'aube décatie*, votre émission sur la poésie contemporaine... »

Assis derrière le technicien à la mise en ondes, Louis écoutait attentivement l'animatrice. Il remarqua tout de suite qu'elle avait un très léger trouble de l'articulation qui, dans son métier, s'appelle un schlintement. Il percevait très clairement le souffle de Lise Le Roi qui s'éparpillait de part et d'autre de la bouche quand elle prononçait des mots contenant les sons « ch » et « j ». Le mauvais positionnement de la langue qui lui paraissait très perceptible devait sembler à peu près inexistant pour l'entourage habituel de cette femme, tant elle faisait preuve d'assurance et d'aplomb. Elle était jolie et vive. Ses manières et son attitude physique laissaient transparaître une certaine froideur. Par ailleurs, la clarté de ses propos et le souci constant qu'elle mettait à utiliser un vocabulaire précis, recherché et peu commun confirmaient l'impression de Louis. « C'est le genre fille-qui-vient-de-terminer-sa-maîtrise-en-littérature-et-qui-entend-bien-le-faire-savoir-à-tout-le-monde », se dit-il. Cette pensée ne fit qu'accentuer son sentiment d'insécurité.

– Vous pouvez passer de l'autre côté, monsieur, fit le technicien.

Louis se leva et fit son entrée dans le studio pendant que l'on entendait en arrière-plan une œuvre de musique contemporaine.

– Bonjour! Je suis Louis Rouillard, osa-t-il timidement.

– Oui bien sûr! Lise Le Roi. Enchantée. Asseyez-vous devant moi, mettez les écouteurs et parlez assez proche du micro pendant l'entrevue s'il vous plaît.

Nerveusement, Louis prit place et suivit les directives en demandant:

– Comment ça va se passer? Je pensais qu'on se verrait avant l'émission pour discuter un peu.

– Oh, ce n'est pas nécessaire, Louis. J'ai lu votre livre et c'est suffisant pour que je me fasse une idée. J'insiste toujours pour que les gens arrivent plus tôt pour éviter les retards, surtout quand ils viennent des régions, comme vous.

Louis crut percevoir un soupçon de condescendance dans cette dernière phrase.

– Détendez-vous un peu, vous semblez tétanisé! Tout ira bien, vous verrez, ajouta-t-elle en esquissant un sourire trop froid pour être réellement rassurant. Je vous pose quelques questions sur vos écrits et sur vous-même et vous me répondez; brièvement autant que possible.

Une voix interrompit leur conversation.

– Stand by, Lise. Tu entres dans 10, sur le fade out de la musique.

– OK.

Louis compta mentalement les secondes restantes.

– Louis Rouillard, bonjour!

– Bonjour!

— Votre passage à notre émission n'est pas fortuit puisque vous venez de faire paraître votre premier ouvrage de poésie qui s'intitule *L'Orée des désirs*.

— C'est ça, oui.

— Avant d'aborder le sujet de votre recueil, parlez-nous un peu de vous en tant qu'écrivain. Qu'est-ce qui provoque chez vous la transsubstantiation des émotions en œuvre littéraire?

Louis était plutôt décontenancé. Tout cela était trop compliqué pour lui. Il se sentait projeté dans un univers froid et complexe, à mille lieues des petites choses simples qu'il affectionnait: l'odeur des framboises fraîches, les traces de pas d'une mésange dans la neige, le ronron-nement apaisant de son chat... Il balbutia une amorce de réponse qui n'allait vraiment nulle part. Voyant son hésitation, l'animatrice posa à nouveau la question en la formulant autrement.

— Utilisez-vous un stratagème quelconque pour créer un climat propitiatoire à l'acte d'écriture?

Comme elle n'obtint pour réponse qu'un regard interrogateur, elle poursuivit avec un très léger soupçon d'impatience: « En fait, je voudrais savoir quel est le moteur de votre écriture. »

— Ah! fit Louis, soulagé de comprendre enfin quel-que chose. C'est un bien petit moteur en fait; j'ai une vieille Toyota Tercel.

— Vous voulez dire...? reprit Lise Le Roi.

— J'écris dans mon auto. Le ronron du moteur me met toujours dans un état particulier et, en roulant, j'écris quelques phrases dans un carnet qui traîne conti-nuellement sur le siège du passager.

– D'accord, répondit l'animatrice sans perdre son sérieux. Et si on se livrait à une stratigraphie affective de l'auteur que vous êtes, dans quel ordre retrouverait-on les différentes couches d'émotions qui se superposent les unes aux autres pour créer un livre comme celui que vous venez de faire paraître?

Puis, pressentant qu'elle aurait vraisemblablement à reformuler sa question, elle dit plus clairement: « Quelles émotions explorez-vous dans votre recueil de poèmes? »

– En fait, c'est très simple. J'aborde diverses émotions qui peuvent surgir d'une relation amoureuse difficile. Je sais que ce n'est vraiment pas original, mais c'est un sujet que je sentais le besoin d'explorer.

– D'accord. Je comprends que cela soit initié par un thème unique, mais il me semble que la texture de cet ouvrage soit composée d'une multiplicité de sous-thèmes qui, bien qu'ils s'entrelacent les uns les autres, ne sont pas d'une complémentarité, à proprement parler, naturelle. Est-ce que je me trompe?

Ça recommence, pensa Louis.

– Qu'entendez-vous par là? demanda-t-il.

– Eh bien! et je lance l'idée simplement mais… j'ai l'impression que la progression de l'œuvre se trouve complexifiée par un enchevêtrement de sujets moins importants qui ne s'éclairent pas nécessairement entre eux; comme si l'idée de départ s'était un peu diluée dans les méandres de l'invention inconsciente.

– Si je comprends bien, vous trouvez que ce n'est pas assez ramassé.

– Oh! N'allez pas croire que je jette un regard négatif sur votre ouvrage…

– Non, ça va, fit-il. Je suis réceptif à ce genre de remarque. Je dois avouer que cela n'est pas ma première préoccupation lorsque j'écris.

Louis soupira doucement à la fin de cette phrase puis se tut. Un certain malaise s'installait graduellement entre eux. Lise Le Roy était habituée à rencontrer des auteurs capables de répondre à ses questions en utilisant une rhétorique similaire à la sienne ; de jouer le jeu de l'affrontement verbal en utilisant les mêmes armes. Les réponses trop courtes et l'allure vaguement timorée de Louis ne la désarçonnaient pas mais elle était déçue de ne pas avoir un vis-à-vis de son niveau. Pour sa part, Louis avait l'impression d'être au-dessous de tout. Il n'avait aucune emprise sur le déroulement de l'entrevue. L'éloquence de l'intervieweuse l'intimidait et il lui semblait qu'il passait plus de temps à essayer de comprendre le sens des questions qu'à y répondre vraiment. Par ailleurs, il était souvent distrait par le défaut d'élocution de cette dernière. Chaque fois qu'elle prononçait des mots tels que « enchevêtrement » ou « ouvrage », il se demandait si les auditeurs le remarquaient eux aussi. Il se sentait un peu comme ces élèves moqueurs à l'école qui notent le nombre de fois en une heure où leur professeur répète une même expression ou replace ses lunettes.

L'animatrice revint à la charge.

– Sur le plan de la forme, vous explorez différentes avenues. Par exemple, vous utilisez à l'occasion le septain qui est, nos auditeurs le savent peut-être, une strophe composée de sept vers.

– En effet, les auditeurs le savent peut-être…

– Dans la première section de *L'Orée des désirs*, vous utilisez aussi à de multiples endroits les tripodies, cette forme de vers de trois pieds considérée par plusieurs comme une manière poétique exsangue et fossilisée. Comment vous est venue l'idée d'incorporer ces deux formes poétiques à votre œuvre?

Une sensation de lassitude s'emparait de plus en plus de Louis. Le totalitarisme langagier dont faisait preuve l'intervieweuse commençait à l'emmerder sérieusement. Il souhaitait que l'entrevue s'achève au plus vite. Il répliqua donc :

— C'est un drôle de mot, « tripodie ». Je ne le connaissais pas. Ça me fait penser à une sorte d'insecte minuscule à trois pattes ou quelque chose du genre.

— Oui, bien sûr. C'est charmant cette remarque, fit l'animatrice, bien décidée à mener l'entrevue sans déroger à ce qu'elle avait planifié.

Pour répliquer intelligemment à la boutade de Louis, elle se lança sans attendre dans une analyse assez incisive de quelques passages de son recueil.

— La deuxième section de votre ouvrage opère une nette rupture par rapport à la première. Par le thème, on pourrait s'attendre à ce que vous exploriez l'universalité du sentiment de désir ou que vous évoquiez, sous un angle complètement neuf, ce qu'il y a d'absolu dans ce sentiment. Vous vous intéressez plutôt à l'assouvissement simple du désir de l'autre. Sur le plan littéraire, n'est-ce pas là une voie semée d'embûches?

Louis nota au passage le schlintement de l'animatrice sur le mot « embûches ».

— Je crois que j'aurais besoin que vous me donniez plus d'explications, répondit-il.

— Avec plaisir. Le désir est un thème maintes fois exploré en poésie et il me semble difficile d'éviter les écueils du déjà-vu. Par exemple, vous utilisez des images telles que « l'offrande toujours neuve de ta peau ambrée » ou « l'amour amassé à même la danse du désir » ou encore « le désir se fige, lourd, vibrant. Couche-toi sur moi comme une ombre qui colle à la peau ». L'écriture ici se fait moins dense, plus conventionnelle. Si l'on compare avec ce qui a déjà été écrit sur le même sujet, ne serions-nous pas en mesure d'attendre quelque chose de plus éclaté et, à la fois, de moins immédiatement dit, de plus imagé?

Piqué au vif par la question, Louis haussa le ton.

– Peut-être. Peut-être pas. Écoutez, je ne prétends pas révolutionner quoi que ce soit. J'explore mon imaginaire avec les moyens que j'ai et j'écris dans un style que j'aime lire chez les autres.

– Tiens, justement, quelles sont vos influences? Qui aimez-vous lire?

– J'aime bien Sylvain Lelièvre, Bernard Dimay et…

– Ah! je comprends! fit Lise Le Roi sans lui laisser le temps de finir sa phrase. Des auteurs de chansons!

– Vous voulez dire? demanda Louis de plus en plus ulcéré.

– Eh bien! vous adoptez parfois dans vos poèmes une structure narrative simple quoique relativement efficace! Cela m'amène à vous faire remarquer que vous devriez songer à écrire des textes de chansons. Vous avez déjà essayé?

– Oui. J'en ai écrit des dizaines que j'ai proposées à plusieurs interprètes, dont certains sont assez connus.

– Et qu'est-il advenu?

– Ils les ont tous refusés. Ils les trouvaient trop littéraires…

— Je crois en tout cas, et n'y voyez aucune insinuation malveillante, que par vos influences, vous vous
situez à mille lieues de la poésie néo-urbaine dont plusieurs représentants sont en filiation directe avec les
poètes de la *Beat Generation*.

— Ah bon! les poètes beat…, laissa tomber Louis.

En un instant, des souvenirs d'un colloque inter-
national sur Jack Kerouac auquel il avait assisté lui
revinrent en mémoire. Il y avait vu quelques faux *bums*
somptueusement habillés arriver en auto luxueuse, aller
aux toilettes se vêtir à la hâte de vêtements sales et fripés
juste avant leur conférence, où ils tenaient un discours
exalté sur les vertus de la vie en marge de la société de
consommation. Il y avait entendu des heures de discussion sur les vrais et les faux amis de Jack. Il avait été ému
d'entendre Allen Ginsberg et déçu du débat futile qui
consistait à déterminer s'il était oui ou non un vrai poète
beat, si oui ou non lui et Kerouac avaient baisé ensemble
et si oui ou non ce dernier y avait pris plaisir. Il avait
écouté des écrivains québécois, des membres de la
Chambre de commerce franco-américaine de Lowell
Mass., des représentants des Premières nations, des bio-
graphes *wasp* américains et des Bretons illuminés, se
chamailler au sujet de l'identité culturelle de Jack
Kerouac.

Louis avait jadis beaucoup aimé cet écrivain, dont il
avait lu presque tous les livres. À ses yeux, ce *canuck*
rongé par ses complexes de minoritaire était adulé par
plusieurs pour les mauvaises raisons. Ceux qui le por-
taient aux nues idéalisaient souvent sa fuite dans les
drogues et l'alcool et le considéraient comme le saint
qu'il aurait lui-même voulu être. Mais les saints ne

boivent pas, se disait Louis. Seulement les anges déchus. Les anges déchus et aussi, parfois, les génies étriqués trop sensibles à la misère du monde.

C'est pourquoi il était sorti totalement dégoûté d'une soirée de poésie tenue au cours de ce même colloque. De jeunes poètes néo-urbains, prétendant tous être les fils spirituels de Kerouac, défilaient ivres morts sur une scène exiguë. Ils récitaient d'une voix pâteuse une poésie échevelée parfois géniale, souvent tout simplement confuse, avant de retourner vomir en coulisses. Tous ces petits *tripeux,* qui trinquaient pour faire comme Kerouac, le faisaient chier. À ses yeux, ce qu'il fallait copier de l'homme, c'était sa tendresse, pas son éthylisme. C'est pourquoi, au commentaire de Lise Le Roi sur sa non-appartenance au courant néo-urbain, il avait le goût de répondre : « Non, je ne suis pas de ce clan-là. Je ne vomis pas sur ma chemise ». Il se contenta de dire d'un ton détaché :

— Je ne vois pas d'insinuation malveillante au fait de n'être pas associé à eux.

Puis, parce qu'il en avait assez de cette discussion qui lui donnait l'impression d'être une proie facile, une tache d'ombre dans l'aura lumineuse de la brillante animatrice, il eut envie d'écouler à sa guise le temps qui le séparait de la fin de l'entrevue. Il se mit donc à parler sans arrêt, de manière à déjouer les plans de son interlocutrice.

— Vous savez, je connais bien peu de chose au sujet des styles, de la forme, des filiations littéraires et des autres préoccupations du même type. Je suis un orthophoniste. Si j'écris, c'est par amour des sons et pour le plaisir qu'ils procurent quand on les prononce. J'aime

les consonnes occlusives comme les « p », les « b », les
« t » ou les « k ». Je trouve délicieuse la sensation qui
ressemble à une petite explosion d'air dans la bouche au
moment où on émet ces sons. J'adore les nasales « n » et
« m ». Si j'aime le mot « agneau », c'est à cause du son
« gn » au milieu. Pour moi, c'est aussi savoureux que
lorsque l'on goûte une fraise avant de l'avaler. À l'inverse,
en disant certains mots, on goûte les consonnes avant de
les laisser s'échapper.

Lise Le Roi resta muette. De toute évidence, elle
n'avait pas envisagé que le « moteur » de l'écriture de son
invité puisse être cela. Continuant sur sa lancée, Louis
lui demanda sans réfléchir :

– N'avez-vous jamais ressenti le plaisir d'entendre
siffler les « s » et les « ch » dans votre bouche ? Avez-vous
déjà été attentive au souffle chaud qui effleure vos dents
et vos lèvres à ce moment-là ?

L'animatrice se raidit sur sa chaise.

– Louis Rouillard, je dois vous interrompre. C'est
tout le temps que nous avions. Je vous remercie d'être
venu à l'émission. Au revoir.

Le ton était sec, tranchant. De l'autre côté de la
vitre, le technicien s'affairait activement. Presque aussitôt, la musique se fit entendre. La femme se leva et se
dirigea rapidement vers la régie sans regarder Louis. Ce
n'est qu'à ce moment que celui-ci se rendit compte de sa
maladresse.

Il se leva à son tour, gagna sans mot dire le corridor
puis le hall d'entrée de la station. À peine une minute
plus tard, il était dans son auto. Il fit le trajet du retour
dans le plus grand silence, en évitant d'écouter la radio
et en essayant vainement de penser à autre chose qu'à ce

qui venait de se passer. Pour une fois, il laissa son regard trébucher sur les panneaux de signalisation, même si cela lui rappelait combien la 20 est une route ennuyeuse. Il s'était de toute façon fait à l'idée que la journée serait longue. À mi-chemin, il s'arrêta à une halte routière. Il se dirigea vers la cabine téléphonique extérieure et composa son numéro de téléphone afin de vérifier s'il avait reçu des appels. L'entrevue n'étant pas diffusée dans sa région, il ne s'attendait pas vraiment à ce que sa boîte vocale soit encombrée. Il avait vu juste : l'unique tonalité qui retentit après qu'il eut entré son numéro de code n'indiquait qu'un seul message.

— Bonjour Louis, dit la voix sans enthousiasme.

Louis reconnut tout de suite son éditeur. Il raccrocha immédiatement sans l'écouter. Il reprit la route et roula sans se presser. Près de chez lui, il emprunta une voie secondaire qui menait au fleuve. Il passa le reste de la journée à marcher lentement sur la grève.

Le lendemain matin, dès son arrivée à l'école, Louis alla voir son directeur.

— Bonjour, fit-il en essayant de cacher sa morosité. Puis-je te déranger quelques secondes ?

— Bien sûr, répondit l'homme d'un ton affairé mais jovial.

— Je suis simplement venu t'informer que je retire ma demande de traitement différé pour l'an prochain, laissa tomber Louis de manière calme et résignée.

Puis, sans attendre la réaction de son supérieur, il se dirigea vers son bureau pendant que la sonnerie annonçait le début des cours.

La digue

C'EST COMME SI tous les silences que j'avais amassés depuis longtemps me montaient aux yeux d'un seul coup. J'essaie de garder une certaine contenance mais n'y arrive pas. Je ferme les yeux pudiquement. Ça ne sert à rien de vouloir endiguer le chagrin. Je sens les paupières qui se gonflent, les cils qui se mouillent et ça y est : dix ans de peine me coulent sur les joues.

Tu me regardes, décontenancée. D'un geste léger du pouce, tu essuies mes larmes tant bien que mal. Rien n'y fait. Je repars de plus belle. Je me surprends à être aussi inconsolable. Patiemment, tu t'échines sur mes sanglots du revers de la main, du bout des lèvres ou à petits coups de langue, comme un chaton affectueux. Et tu ne comprends pas. Tu ne comprends pas que toute cette eau salée qui jaillit sans retenue prend sa source dans chacun de tes gestes tendres.

Depuis dix ans, je n'étais qu'une moitié de moi-même : le frère, l'ami, le confident, le collègue idéal, le

bon gars, le toutou, la nounou, la doudou, quelque
chose de gentil, de rond, de moelleux ; une gentille bête
qu'on aime bien et même, à l'occasion, quelqu'un qu'on
aime beaucoup, mais. Bref, n'importe quoi qui ne suscite pas de désir. Je m'étais résigné à vivre sans cela,
pareil à un junkie qui apprend à vivre sans héroïne et un
aveugle sans lumière.

C'était ainsi depuis le départ de Paule, ma douceur,
ma violence, ma grande amour. J'ai toujours eu l'impression que notre relation avait été à l'image d'un élé-
ment pittoresque de l'histoire de la Nouvelle-France. Il
y a très longtemps, nos ancêtres avaient l'habitude de
faire des feux de grève sur les rives du Saint-Laurent.
Lors des nuits de brouillard, le fleuve était un redoutable
adversaire pour les navigateurs. Ceux-ci guettaient alors
les abords du plan d'eau, cherchant les feux allumés par
les habitants. Grâce à ces repères, ils évitaient les nau-
frages en se tenant à une distance respectueuse des berges.
Connaissant cette coutume, des pillards allumaient des
feux sur des sites éloignés de la grève, trompant ainsi les
navigateurs. Certains bateaux s'échouaient. Les brigands
en profitaient alors pour dévaliser les marchandises de
valeur aussitôt que l'équipage abandonnait le navire.

Curieusement, Paule était entrée dans ma vie abrup-
tement en mettant le feu à ma maison. Électricienne au
sein d'une entreprise prospère, elle était venue faire une
inspection chez moi. En manipulant des fils séchés par
l'âge, elle provoqua un court-circuit qui créa un début
d'incendie. La course folle pour fermer le courant, les
bruits du détecteur de fumée, la poussière de l'extinc-
teur et la peur de voir flamber la maison nous avaient
mis tous les deux dans un état de surexcitation extrême.

Puis, le danger écarté laissa toute la place à l'à peine perceptible, au non-dit, au mystère qui faisaient que l'espace entre nous était avalé d'un trait quand nos regards se croisaient. Nous sommes tombés dans les bras l'un de l'autre, contents d'avoir évité le pire. L'instant était apaisant, et ni elle ni moi n'avions le goût d'y mettre fin. À la blague, je la traitai de belle incendiaire. Son regard ne fit rien pour démentir l'accusation. L'étreinte s'éternisa dans les fous rires et les baisers.

Dans les mois qui suivirent, elle mit le feu à mes lèvres, à ma peau, à mon cœur, à mon sexe. Parfois dans ma vie, quand le courant m'emportait ou que je naviguais en pleine tempête, je guettais de l'œil chacun de ces feux qu'elle allumait dans mon existence. Ils étaient les repères qui me gardaient à flot. Je savais aussi que chaque fois que je m'aventurais sur les rives de cette femme, je risquais de me faire tout prendre. C'est bien là ce que je voulais. Qu'elle prenne tout de moi.

Pendant un an, nous avons vidé les nuits de leurs caresses. Nous n'avions jamais trop à faire pour remuer les braises de nos ventres encore chauds. Ses odeurs m'obsédaient. La fragrance légère de petits fruits sur sa gorge, le parfum plus corsé dans le plein de la chevelure et les essences étonnamment délicates de son sexe la rendaient pour moi unique et multiple, comme les couleurs qui glissent lentement sur ce fleuve qu'elle laissait parfois s'étendre jusqu'à ses pieds les jours de promenade. Nous savions nous emmener l'un et l'autre vers le bonheur en nous tenant par la taille, la bouche, le ventre, et nos gestes faisaient lever une volée d'oies blanches dans le cœur.

La vie perdit cet air de légèreté lorsqu'elle reçut la proposition d'aller travailler un an au Nicaragua. Le projet était stimulant et intéressant sur le plan financier. Ses yeux brillaient quand elle en parlait. Il ne m'est pas venu à l'idée de tenter de la retenir, même si la perspective d'être séparé d'elle pendant de longs mois m'attristait. Paule n'était pas le genre de femme que l'on retient. On n'attache pas un esprit libre.

Au début, son absence prit la forme d'une douce douleur. Mon ennui d'elle me faisait écrire de longues lettres, délirantes d'amour. Je l'appelais mon amante, mon aimante, mon amande, ma maudite tannante, ma cruelle, mon caramel, ma nuit de Noël, ma chapelle. Je lui disais que mes tentatives d'autosatisfaction n'apaisaient en rien le manque que je ressentais. Que le fait de me toucher en m'imaginant que ces caresses étaient les siennes, c'était comme regarder une chaloupe et prétendre avoir vu le *Titanic*.

Ses lettres à elles étaient plus courtes. Elle me parlait de son travail, des lourdes responsabilités, de l'adaptation à sa nouvelle vie… Je comprenais. Plusieurs semaines après son départ, je la portais encore en moi, tel un porte-bonheur que l'on place près du cœur quand on a peur d'affronter certains moments difficiles. Son absence était plus dérangeante, plus douloureuse, surtout qu'elle m'écrivait de moins en moins fréquemment. Ses lettres répétaient souvent : « Désolée d'avoir pris tant de temps pour te répondre. Tu comprends, le travail, les responsabilités… » Je comprenais. J'étais déçu, mais je comprenais. Malgré les silences entre ses mots. Malgré mes doutes.

Le coup de grâce est venu quatre mois plus tard. Elle m'a annoncé au téléphone qu'on lui proposait de prolonger son contrat d'au moins une autre année, et que

l'idée l'emballait au point de vouloir accepter. Encore
une fois, elle m'a demandé de comprendre.

Et j'ai compris. J'ai compris qu'elle était beaucoup
plus importante à mes yeux que je ne l'étais aux siens,
que je ne faisais pas le poids, que je n'étais pas une prio-
rité dans sa vie. Et je lui ai crié de ne plus jamais me
demander d'être compréhensif.

Après, les événements se sont bousculés. J'ai annulé
le voyage que je devais faire pour la rejoindre. J'ai rangé
ses choses dans des boîtes que j'ai déposées chez sa sœur.

Lentement, j'ai pansé mes plaies. Certains jours de
peine, j'avais l'impression d'avoir cent ans d'âge et parfois un peu plus. Pendant deux ans, les autres femmes
m'étaient indifférentes. Par la suite, leur présence m'atti-
rait autant qu'elle ravivait mon manque de confiance en
moi. Comme je ne sais pas draguer, mon image de bon
gars était ma façon de m'approcher d'elles. Peu à peu, je
me suis construit une vie où les amitiés féminines
compensaient en partie l'absence de vie charnelle.

C'est de cette manière que tu es entrée toi aussi dans
ma vie. Ta rencontre avait été un bel événement et,
depuis, nous prenions un plaisir mutuel à nous voir à
l'occasion.

L'autre jour tu m'as invité à te rejoindre sur une île
au beau milieu du fleuve.

— Pourquoi sur une île? ai-je alors demandé.

— Pour être ailleurs, as-tu répondu. Simplement
pour changer nos points de repère.

J'ai accepté en prétendant que je ne pourrais peut-
être pas rester très longtemps et qu'il ne fallait pas que
tu t'empêches de planifier quelque chose en soirée. Je
savais qu'ainsi, tu pourrais toujours prétexter d'autres

obligations en fin de journée et que je pouvais choisir de
te croire ou d'en douter, selon que j'aurais envie de me
protéger ou de me poignarder.

Aujourd'hui, j'ai pris le traversier et je t'ai retrouvée
ici. Je suis arrivé en bon gars pour que tu m'aimes beaucoup, mais. Je n'en espérais pas plus. Tu étais sur le quai,
radieuse. Le vent du fleuve te donnait des couleurs
automnales. Le foin sur les battures ondulait comme s'il
portait encore en lui la mémoire de la marée précédente.
Nous avons marché longtemps sur un sentier de terre
peu fréquenté. Parfois, ta main effleurait ma manche.
J'y voyais une certaine volonté de rapprochement, un
besoin que tu avais de créer un climat propice aux
confidences. J'étais prêt à t'écouter me dévoiler un lourd
secret et à me remercier ensuite de ma compréhension.
Je sais. Je suis un expert en la matière. Et je suis content
que tu m'aimes bien.

Nous avons finalement bien peu parlé. Tu n'avais ni
confidence qui brûle les lèvres ni secret qui oppresse la
poitrine. Après un long moment, nous nous sommes
arrêtés au bord du chemin. Tu m'as regardé longtemps,
en silence. Puis, avec douceur, tu as pris mon visage
entre tes mains et tu as posé ta bouche généreuse sur la
mienne. C'est à ce moment que la digue s'est effondrée.

Sauf pour le sourire

DE LUI, elle connaît le visible, le prévisible : les gestes à peine ébauchés, une voix tellement étranglée qu'on dirait qu'il y a des nœuds dedans, un masque indéchiffrable qui refuse la transparence et ce sourire pareil à une cicatrice mal fermée sur une blessure jamais guérie. Mais rien d'autre.

Avant que Paul soit nommé directeur de l'école secondaire où elle enseigne, Maryse a toujours cru qu'elle avait du talent pour entrer en contact avec les autres. Ses voyages à gauche et à droite sur la planète lui ont appris à être attentive aux habitudes, aux gestes, aux craintes et aux joies ordinaires qui meublent le quotidien des gens. Mais avec Paul, son expérience est inutile. Elle a beau travailler avec lui depuis deux ans, il lui donne parfois l'impression qu'il est plus facile de connaître dix pays qu'un seul homme. Elle le respecte. L'estime, même. Mais cela n'a jamais été suffisant pour donner à Maryse l'envie d'aller au-delà des liens minimums de civilité qu'impose la relation entre un patron et ses employés.

Ce soir, ils seront tous là : Annette qui trouve qu'elle en fait toujours trop, Camille qui trouve toujours qu'Annette n'en fait pas assez, Pauline la *cool*, Guylaine l'infatigable, Émile qui compte les jours qui le séparent de sa retraite comme un prisonnier avant sa libération conditionnelle, Marc-André le lèche-cul, Joanie qui en profitera probablement pour draguer chaque mâle qui passera à moins d'un mètre d'elle, Josette la secrétaire dévouée de Paul et tous les autres. Impossible de se défiler, même si une corvée de repassage aurait été plus réjouissante que cette soirée.

En entrant dans la salle où tout le monde est réuni, son regard est happé par des photographies de Paul disposées çà et là sur un grand carton blanc. L'idée la surprend, l'émeut. Elle est touchée que l'on ait pensé à lui rendre hommage de cette façon. Par politesse, Maryse salue de loin quelques collègues qu'elle a vite reconnus dans la foule. Elle sait bien que tout à l'heure, elle devra se mêler à eux mais, pour l'instant, seules les photos l'intéressent ; les photos et, sous chacune d'elles, les quelques mots qui identifient l'année et la circonstance où les clichés ont été pris.

Au début, elle a peine à se concentrer sur une seule image. Son œil butine ici et là avec avidité, attiré par un détail qui semble se répéter d'un portrait à l'autre. Puis, peu à peu, l'idée s'impose d'elle-même et s'installe dans son esprit comme un jugement définitif : cet homme n'a jamais su sourire. Elle s'en désole en observant avec attention les instantanés disposés devant elle.

1949, Vacances en Gaspésie. Un petit garçon regarde l'objectif sans joie. Déjà cet air inquiet. C'est à croire que c'est sur cette plage, à cinq ans, entre un château de sable défait par la mer et un seau de plastique renversé, qu'il a perdu à tout jamais ce soupçon d'insouciance qui fait retrousser les commissures des lèvres sans y penser.

1951, Première communion. Sourire un peu forcé, l'air coincé dans son habit. Déjà. Quel chagrin d'enfance inconsolé l'empêche de se détendre ? Elle aimerait l'imaginer enfant, riant aux éclats, ses bras tendus vers le ciel tirant de toute leur petite force sur la corde d'un cerf-volant. Ça ne vient pas. Elle se demande si le garçon qu'elle voit sur les photos a déjà souri de contentement en se roulant dans l'herbe un soir de juillet quand les fleurs de taons embaument l'air léger.

1965, Photo de finissant, collège classique. Regard figé, presque prétentieux dans sa façon de se donner une allure sérieuse. Cette fois, elle lui laisse le bénéfice du doute. Quelques années chez les Jésuites, ça te rabote la joie de vivre. Et puis, ces photos-là étaient prises en avril ou en mai et Maryse se souvient trop bien de sa jeunesse pour ne pas savoir que parfois, au printemps, le cœur est une zone inondable. Peut-être y a-t-il une douleur d'amour inavouée cachée derrière cet air pincé.

1968, Nouvel enseignant au primaire avec sa première classe. Le contentement qu'il semble éprouver à être entouré de ses élèves de deuxième année donne à son sourire une faible lumière hésitante, tamisée par sa timidité. Un détail accroche l'œil de Maryse. Même en 68, Paul avait les cheveux courts. Pas étonnant. Chez lui, tout paraît retenu, contrôlé : les gestes, les mots, les émotions, jusqu'à la coupe de cheveux.

Relevant la tête un moment, Maryse constate qu'il n'y a personne autour d'elle. Amassés par petits groupes, ses collègues parlent de Paul comme s'il n'était pas là, près du mur, le corps aussi droit et rigide qu'à l'habitude. À ses côtés, sa femme, élégante, joue son rôle d'épouse à la perfection. Elle échange quelques mots avec chacun et parfois, quand personne ne la regarde, elle penche la tête légèrement vers son mari et lui parle à voix basse en posant doucement sa main sur la sienne.

Maryse les regarde à la dérobée. Pour s'amuser, elle tente d'imaginer un moment d'intimité entre eux. Peut-être Paul a-t-il toujours dissimulé un autre lui-même sous sa carapace guindée. Paul qui pleure et Paul qui rit? Un Paul de jour et un Paul de nuit? Docteur Jekyll et *mister* Paul? Difficile de l'imaginer en bête de sexe en tout cas… Tiens, justement, elle a aperçu tantôt une photographie où ils se tenaient par la taille.

1969, Photo de mariage. Merde! Même là, un sourire *raisonnable*. Un rictus figé pareil à une erreur dans le visage, comme si Paul était toujours prêt à s'excuser de prendre plaisir à la vie. Malgré elle, Maryse sent l'impatience la gagner. A-t-il souri de façon franche et généreuse au moins une fois ce jour-là lors des premiers instants de volupté avec sa femme? Quel visage avait-il lorsqu'il a refermé les bras sur ce corps jeune et plein de promesses? A-t-il plongé sans remords dans le plaisir d'être impudique, aussi libre qu'un cheval qui galope dans la campagne, sans mors et sans licou? Elle connaît trop bien la réponse. Cette liberté-là n'est pas faite pour les hommes tels que lui.

C'est pareil sur l'image d'à côté. *1977, Paul et ses frères et sœurs.* Les lèvres fermées comme s'il lui fallait cacher des paroles si noires qu'elles laissent des taches de suie sur les dents. Qu'aurait-il brisé s'il s'était permis de rire aux éclats? Qu'aurait-il déchiré l'espace d'un instant, sinon sa propre mélancolie? C'en est assez. Cette moue incapable d'exprimer autre chose que « la vie est un fardeau à peine supportable » commence drôlement à la faire chier. Au diable tous les autres clichés. *Paul-à-Noël, Paul-au-golf* et *Paul-nouveau-directeur-d'école* ne l'intéressent plus. Ce qu'elle voulait découvrir de lui se cache ailleurs, quelque part dans un instant de vie secret entre deux photos.

D'humeur de plus en plus maussade, Maryse quitterait cet endroit en courant pour aller se réfugier dans les bras enveloppants de son *chum*. Elle a envie de caresser ses cheveux d'homme, là, maintenant ; de savourer le sourire de contentement qui naît sur son visage détendu quand il la serre contre lui. Elle lui proposerait même de faire l'amour sur la table de cuisine, dans la lumière crue, simplement pour chasser les images de retenue qui la rendent mal à l'aise depuis son arrivée.

Mais Maryse se reprend. L'endroit ne se prête pas tellement à ce genre de fantasmes. Et puis, elle ne peut quand même pas filer en douce sans aller voir Paul et échanger quelques mots avec son épouse. De mauvaise grâce, elle se résigne aux mondanités d'usage, avance lentement vers le groupe qui entoure le couple et gratifie son patron d'un regard respectueux. En se faufilant, elle se fait une place juste à côté de Josette, qui semble visiblement émue de se retrouver là, ce soir. D'une voix teintée de tristesse et d'admiration, la secrétaire dit à Maryse en désignant le corps de l'homme allongé à l'horizontale devant elles :

— Je trouve qu'il est ressemblant. Ils l'ont bien réussi, hein ?

— Hmm… Sauf pour le sourire.

Je suis un homme qui ne rêve pas

JE NE RÊVE PAS. Mes nuits sont vides d'images comme un ciel sans étoiles. Derrière mes paupières closes, il ne se passe rien. On dirait la télé après la fin des émissions. Il n'y a rien à voir. Pas de maison de mon enfance où me réfugier quand la vie me malmène, pas de paire d'ailes au bout des bras quand j'ai besoin de fuir, pas de poursuite folle, pas de dragon féroce ni de princesse troublante qui sème l'émoi au corps quand on s'éveille en regrettant de n'être pas resté lové dans les méandres de notre imaginaire fertile.

Je suis un homme qui ne rêve pas. Quand le sommeil me gagne, je m'engourdis lentement et je glisse sans me débattre dans des sables mouvants qui paralysent mes membres et ma pensée. Je sombre dans l'absence. Je m'évade. De moi. De la vie. De la mort. De tout. Pas de deuil à faire, d'émotions à dompter, de larmes à essuyer, rien. Je n'y trouve ni bonheur ni douleur. Seulement du repos.

Parfois, au lever du jour, je reste allongé une heure durant dans ce qui jadis s'appelait « notre lit », enveloppé dans le moelleux des couvertures et mes souvenirs d'elle. Je passe de longues minutes à peaufiner de douces

réminiscences jusqu'à ce qu'elles soient aussi lisses que la
peau de son ventre. Pour être honnête, ce qui prend forme
alors dans ma tête n'est pas toujours la réplique fidèle de
ce que nous avons vécu ensemble. Quelquefois même,
l'homme dans mes pensées n'est pas exactement moi ; la
femme, pas tout à fait elle. Mais ces deux-là ont nos
visages, ils bougent comme nous, ils vivent des morceaux
de vie qui n'appartiennent qu'à notre intimité perdue. Il
m'arrive alors de me demander comment va sa peau
depuis nos dernières caresses. J'aimerais qu'elle soit là, que
nos joues se frôlent. Je prends plaisir à imaginer que son
cou se souvient de mes lèvres autant que mes lèvres se
souviennent de son cou. Je me surprends à souhaiter que
quelqu'un embrasse ses yeux parfois. Et sa bouche. Et tous
les ailleurs fabuleux que son corps peut contenir. Simplement pour qu'autant de beauté ne se perde pas.

Certains matins, je me répète que je devrais m'extirper vigoureusement du lit et aller me dégourdir dehors,
surtout aujourd'hui puisque les pommiers sont en fleurs
derrière la maison. Je sais que j'y trouverais le parfum
sucré du printemps et les odeurs tonifiantes du dégel de
la vie. Mais moi, je préfère me souvenir que dans son
cou, ça sentait le bonheur. Et l'orchidée fragile qui fleu-
rissait entre ses cuisses lorsque j'y déposais mes caresses
les moins maladroites faisait naître des effluves autrement plus subtils. Alors je reste immobile. Et dans mes
pensées, je prends toujours autant de plaisir à me mouiller à toutes ses lèvres et à me laisser couler dans ce que
le monde a de plus désirable et qu'elle anime de chacun
de ses gestes.

La nuit, il arrive que le sommeil me soit infidèle. Je
ne m'en plains pas. Même après quelques semaines,

l'insomnie m'est douce quand elle est peuplée de son image. Parfois, dans mes songes éveillés, je me glisse dans son lit. J'épie chacun de ses gestes. Je m'approche de son visage, et son souffle sur ma peau est un courant d'air chaud qui fait penser à un après-midi de juillet lorsque l'été semble éternel. Je repère son cœur qui s'anime, juste là sous la rondeur du sein. J'ai alors envie de le dérober comme on le fait d'un bijou précieux et de m'enfuir en le tenant fébrilement contre ma poitrine; pareil à un fou qui se sauve en courant avec une pierre de rien dans sa main, en hurlant qu'il a trouvé de l'or. Mais son cœur n'est pas une pierre de rien. Et je ne suis pas fou. Je ne suis pas non plus un homme qui nourrit sans cesse son esprit de chimères. J'aime simplement une femme que la vie a menée loin de moi et qui est partie en emportant avec elle tout mon bagage de rêves.

Alors je ne rêve plus. En tout cas, pas en dormant. Penser à elle n'est pas une dérive mais un choix affirmé. Je sais que, chaque fois, je replonge dans des instants de ma vie animés d'un fiévreux désir de bonheur. L'exaltation et la passion qui m'attisent à ce moment me rendent à nouveau brave face à la vie de tous les jours et à la mort de toutes les nuits. Je me sens prêt à les affronter l'une et l'autre une fois de plus, à les prendre à bras le corps, même quand elles m'assènent une volée de coups. C'est ainsi que je vivais avec elle, au temps où nous étions trop occupés à nous inventer un présent prodigieux pour imaginer que nous fabriquions en même temps des souvenirs. À chaque baiser, chaque caresse, chaque étreinte, je laissais tomber une à une mes peurs à ses pieds et elle les écrasait nonchalamment, sans même s'en rendre compte, en s'élançant vers moi.

Revenir au plus doux de nous, à ces moments où nous étions l'un de l'autre le miroir, c'est ma façon d'être sourd à la litanie des jours qui passent en me privant de sa présence. Alors, le temps n'est plus un sans-cœur qui me sépare d'elle en laissant sa trace sur mon corps vieillissant. Le temps n'est plus ce facétieux qui s'est défilé quand je l'aurais voulu immobile et qui s'étire quand je le voudrais pressant.

Je sais ce que je fais et pourquoi je le fais. On m'objectera que la vraie vie est dans le quotidien et non dans les mirages de la mémoire que les souvenirs amoureux ont pris en otage. Ma vraie vie à moi est dans les deux. Un jour, j'arriverai bien à faire une place en moi à cette femme sans que cela n'éveille ni douleur ni mélancolie. Je profiterai alors sans vergogne de tout ce que j'ai appris à ses côtés en assumant le fait que je suis un homme meilleur depuis sa fulgurante présence dans ma vie. Ce sera ma façon de rendre hommage quotidiennement à l'amour de nous. J'y mettrai le temps qu'il faut. Les efforts nécessaires.

Mais depuis son départ, je ne rêve plus.

Le joueur de piano

LA FOULE se déverse comme une rivière dans la ville les soirs où le jazz se répand dans la nuit. Certains vagabondent et vont où leurs pas les mènent, attirés par un air entendu au hasard. D'autres trouvent leur place devant la scène où, tout à l'heure, le joueur de piano fera son entrée.

Lui, pendant ce temps, lutte contre la tentation de griller une cigarette. L'ambiance fébrile des premières, il connaît. Le trac qui colle la chemise au dos et rend les mains moites, il connaît aussi. La scène est pour lui un paysage familier. Déjà plus de trente-cinq ans qu'il cherche le plaisir dans les mots et les notes dans le seul but de s'émouvoir lui-même autant que le public. Plus d'une moitié de vie à chanter avec constance les douceurs et les douleurs du quotidien.

Pourtant ce soir, rien n'est pareil. Il a des envies de métamorphose. Se réinventer sans se déserter soi-même, se retrouver sans s'être jamais perdu, jouer du piano comme on joue de son corps, comme on se joue de la mort. Voilà ce qu'il veut. Maintenant. Avec urgence.

C'est l'heure. Il avance sur scène d'un pas nerveux et s'installe devant son instrument. Le poète qu'il est depuis toujours se fera plus discret ce soir et laissera la lumière au pianiste de cet ensemble de jazz qui n'attend plus que son signal pour commencer à jouer. Il donne le compte. Saoul de peur et de plaisir, il mesure son élan de la même façon qu'il le faisait lorsqu'il jouait aux billes dans la cour d'école de son enfance. Et c'est bien d'enfance qu'il s'agit : dans un tout petit fragment d'éternité, il aura dix ans, comme la première fois où ses doigts ont caressé les touches d'ivoire et d'ébène du piano de sa tante Lucette. Les sens aux aguets, il attaque, enfin, et les notes bleues éclaboussent la nuit de leur langueur sauvage.

Je n'suis qu'un joueur de piano
Cherchez pas trop loin dans mes mots

Depuis toujours, le jazz est son refuge, son ivresse, sa maîtresse, son aventure familière. Un bouquet de notes inspirées semées au compte-gouttes sur douze mesures, et les bribes de cafard tatouées sur son cœur s'effacent d'elles-mêmes. Il est temps maintenant de lever le voile sur cet amour mille fois avoué.

Il s'amuse un instant des sonorités âpres d'un accord dièse onze pendant qu'il sent monter en lui l'insoutenable envie d'improviser le prochain chorus. Il aime suivre pas à pas quelques accords fuyants sans savoir où cela le mènera. Le cœur entrouvert, les doigts déliés, il se soulève légèrement de son banc, prêt à défier le hasard de l'inspiration. Et ses yeux se plissent de bonheur pendant qu'il donne vie à des mélodies qui ruissellent avec délicatesse. Les mains libres d'un homme libre réinventent le plaisir.

La foule en redemande, conquise par l'allégresse et la légèreté retrouvée de l'artiste. Il ne désire pas autre chose. Alors il joue et rejoue sa musique, tour à tour nostalgique et festive, minutieuse et relaxe. On y entend Anne Hébert qui converse avec Eddy Duchin, Jacques Poulin avec Gershwin, Kerouac avec Coltrane, la rumeur des ruelles de Limoilou, l'amour de sa femme, les éclats de voix de ses enfants, l'amitié, le bon vin et toute la tendresse qu'il porte aux êtres humains qui en valent la peine.

Parfois, entre deux pièces, il se lève et ouvre les bras en regardant la foule. On dirait un oiseau rebelle fuyant les barreaux de sa cage, qui déplie ses ailes pour prendre toute la mesure du bonheur contenu dans cet instant. La sensation est douce comme un premier baiser. Il oublie alors tout ce que son métier comporte de dérisoire : les souvenirs amers, l'effroi devant les salles à moitié vides, les crosseurs, les espoirs déçus, les paroles brisées.

Puis il revient à son piano et chante avec un abandon qu'il ne se connaissait plus. Ses refrains insoumis retrouvent une nouvelle jeunesse grâce au swing de l'orchestre. Grisés par les plaisirs éphémères que leur procure cet échange, le sax s'égosille et la batterie s'affole. Les cuivres inventent des couleurs nouvelles sur d'anciennes mélodies. À la contrebasse, un ami musicien balance une volée de croches afin de créer l'assise sur laquelle les autres prennent appui pour s'envoler. Et ça tape, ça souffle et ça sue, suaves derrière les instruments. Pendant ce temps, le joueur de piano jette quelques bémols sur un blues enflammé et dessine des horizons lumineux dans lesquels le public se perd avec ivresse.

Jouer d'la musique c'est bien un jeu
Tant que je joue c'est signe que je
respire

Des airs et des airs plus tard, il salue, courbatu mais heureux, ouvrant les bras une dernière fois pour inviter ses complices à l'accolade. La foule le remercie par un tapage joyeux et ému. Le joueur de piano est transformé, transcendé par ce qu'il vient de vivre. Avant de quitter la scène, il arbore le sourire de celui qui sait qu'il vient enfin d'atteindre le versant jazz de sa vie.

Note: Le titre de cette nouvelle de même que les vers en italique sont empruntés à la chanson *Le joueur de piano*, paroles de Sylvain Lelièvre et musique de Daniel Lavoie (Éditions Basse-Ville et Marmalou musique inc.).

Ma'cel

– E ILLE, EILLE, t'es-tu l'ami de Ma'cel?
– Oui Marcel, je suis ton ami.

Une phrase, une banale petite phrase qui nous unit lui et moi dans les allées et venues quotidiennes de la vie. Nous sommes tous les deux d'infimes parcelles du paysage sans aspérité de l'autre. Tous les deux ancrés à la même routine. Il demande, je réponds. C'est tout.

Je ne me fais pas d'illusions sur l'importance qu'il accorde à nos brefs échanges. D'ailleurs, il pose invariablement la même question à chaque personne qu'il croise, et ceux et celles qui lui répondent ne vont pas chercher plus loin que moi. Par une entente tacite et silencieuse, nous nous partageons la tâche peu contraignante de lui faire plaisir.

– Eille, eille, t'es-tu l'ami de Ma'cel?
– Oui Marcel, je suis ton ami.

Et il envoie la main en guise d'au revoir comme le fait un enfant déçu de partir pour l'école.

Serions-nous ailleurs ou à une autre époque que l'on élirait Marcel pour la vie au poste d'idiot du village. Mais il ne peut revendiquer ce statut. Nous habitons une minuscule localité qui aspire au titre de ville depuis

qu'elle s'est dotée de trois bouts de trottoir et d'un lotis-
sement de maisons mobiles. Un tel coin perdu, relié à la
grande ville par un service d'autobus qui franchit en une
heure trente-deux les vingt-deux kilomètres qui nous en
séparent, est assurément promis à un avenir florissant ;
celui qu'on ne réserve qu'aux futures banlieues.

C'est un peu triste pour Marcel. Les idiots du village
ont longtemps joui d'avantages sociaux appréciables.
Autrefois, on était souvent accueillant envers eux lorsqu'ils erraient d'une maison à une autre. Parfois, après
leur avoir remis un dollar ou moins pour une demi-
journée de travail au grand soleil, on les invitait même à
manger de la tarte aux pommes avec un verre de lait.
Mais tout cela appartient au passé maintenant.

Pour Marcel, la vie c'est autre chose. Il a une bouille
de petit vieux rabougri, aussi mal à l'aise dans son manteau trop serré que sur les trottoirs encore neufs qu'il
arpente de midi jusqu'au soleil couchant. Il est une sorte
d'évocation de la première génération d'une nouvelle
espèce humaine un peu anachronique : les itinérants des
banlieues. Mais Marcel, quand il se dirige vers nous en
martelant le ciment tout blanc de son pas saccadé, ce
n'est pas pour demander un peu de monnaie, c'est juste
parce qu'il cherche un ami.

Pendant quelques secondes, je veux bien jouer le jeu,
d'autant plus que nous avons lui et moi un point en
commun. Je crois bien que nous sommes deux des rares
hommes de ma localité à ne pas faire partie des Chevaliers
de Colomb. Pas de chance pour Marcel. On n'accepte
pas les déficients légers aux réunions des Chevaliers. De
toute façon, il n'aurait que faire de leur code d'honneur
et de leurs signes secrets. Il n'a rien à cacher, ni au-

dedans ni au-dehors. Si une fois il ouvrait son petit manteau gris et que l'on osait mettre une minuscule fenêtre là, sur sa poitrine creuse, on verrait peut-être le vent qui passe, qui souffle sur son cœur et le rend frileux de l'intérieur.

Cet après-midi-là, le mois de mars avait des airs d'espoir, une sorte de lumière qui fait croire à la délivrance prochaine. Les cols des passants étaient ouverts plus qu'à l'habitude, sauf celui de Marcel, bien sûr, qui était emmitouflé comme un ours. Seuls ses yeux trop naïfs pour être méchants trahissaient une certaine excitation.

– Eille, eille, t'es-tu l'ami de Ma'cel ?

– Oui Marcel, je suis ton ami.

– Eille, eille, tu sais pas quoi ? Samedi là, samedi ou dimanche, c'était ma fête !

Depuis bientôt quatre ans, je croise Marcel presque tous les jours aux mêmes endroits et c'était la première fois qu'il s'aventurait à me parler de lui. Je n'ai eu pas le temps de préparer une réponse qui aurait convenu à la situation que déjà il enchaînait quelques mots qui se bousculaient dans sa bouche avec exaltation.

– Pis tu sais pas quoi ? J'ai eu un costume de pompier !

– Ah oui ? Un vrai costume, Marcel ?

– Oui, oui, un vrai ! Pis eille, eille, y'avait un chapeau jaune, y'était jaune le chapeau pis un long manteau pis des bottes pis toute.

Effacées les souffrances qui peuplent son visage depuis la naissance. Éteintes les douleurs d'arthrite qui courbent son corps prématurément vieilli. Un costume de pompier, et les yeux de Marcel avaient des lumières d'enfance fluide et heureuse. Pour lui, le bonheur semble tenir à si peu de chose…

— Tu devais être fier de ton costume, hein Marcel?

— Eille, eille, oui pis quand je le mets là, j'suis toute beau pis quand y va avoir un feu là, j'vas pouvoir aller proche proche pour le regarder avec les vrais pompiers pis y me reconnaîtront même pas.

— Je suis content pour toi, Marcel.

— Eille, eille, tu veux-tu venir le voir mon costume chez nous?

— Non Marcel, je suis pressé aujourd'hui. Je ne peux pas.

— Oui mais eille, eille, t'es-tu l'ami de Ma'cel?

— Bien oui Marcel, je suis ton ami, tu le sais…

— Pis moi j'suis ton ami aussi, hein?

— Oui Marcel, c'est sûr.

— Bon ben, pourquoi tu veux pas venir voir mon costume?

Devant mon silence embarrassé, il hésita quelques instants puis il ajouta, dépité:

— Tu viendras pas, hein? Eille, eille, tu viendras pas…

— Peut-être une autre fois, me risquai-je à affirmer, cherchant à endiguer l'inévitable vague de tristesse qui s'apprêtait à briser à nouveau son visage et tout son corps.

Il murmura encore:

— Non. Tu viendras pas. Je l'sais, tu viendras pas, et il me tourna le dos en marchant rapidement devant moi.

Pendant un instant je restai là, songeur, à me convaincre que j'avais fait ma part; qu'il allait me demander dès le lendemain si j'étais son ami. Je répondrais «Oui Marcel, je suis ton ami», je lui dirais peut-être «Passe une bonne journée» ou quelque chose du genre. Je lui sourirais quand il m'enverrait la main en s'en allant et tout rentrerait dans l'ordre. Puis en me dirigeant vers la caisse populaire, je l'ai aperçu, montant dans l'autobus quasi désert qui mène à la ville.

*

Deux jours que je n'avais pas vu Marcel. Il arrive parfois, surtout l'hiver, qu'il cesse de parcourir les lieux qui lui sont familiers. Un mauvais rhume, un froid excessif l'éloignent momentanément de nos vies. Mais il revient toujours vérifier la stabilité de ses amitiés éphémères.

En entrant au bureau de poste, je m'informai de lui auprès de la commis, qui connaît tout le monde dans le voisinage.

— Marcel? Ça fait au moins une couple de jours que je ne l'ai pas vu.

— Il n'est pas malade au moins?

— Je n'en sais rien. Moi, j'essaie de ne pas trop m'en occuper.

Puis elle prit une longue inspiration en hochant la tête, laissant présager un de ses apartés si coutumiers et si peu en lien avec le devoir de discrétion qu'exige sa profession.

— Vous savez, il fait tellement pitié Marcel…

— Vous trouvez? La plupart du temps on le rencontre dans la rue, il prend l'air, il échange quelques mots avec les gens qui passent, il envoie la main, il sourit… Sa vie est probablement moins compliquée que la nôtre.

— Peut-être, dit-elle. Mais il a cinquante ans passés, il n'a jamais su lire, écrire ou compter et il n'est jamais sorti du patelin. Ce n'est pas une vie, ça.

– Il n'est jamais sorti du patelin? répétai-je avec surprise.

– Jamais.

– Même pas euh... en autobus? insistai-je un peu inquiet.

– Même pas. Il en serait incapable, il n'a pas le sens de l'orientation. S'il fait toujours le même parcours dans le coin, c'est qu'il n'en connaît pas d'autres. S'il change de trajet, il est complètement perdu.

– Vous êtes certaine de cela? demandai-je confusément.

– Absolument. Je l'ai connu quand il était jeune. On a le même âge, lui et moi. Il a toujours été comme ça, perdu dans son monde. Moi, quand il me parle, j'aime autant ne pas lui répondre. On ne sait jamais ce qui se passe dans sa tête. On ne connaît pas l'effet que nos paroles peuvent avoir sur lui.

Le même soir, j'ai compris que mes inquiétudes étaient fondées. Après avoir terminé mes achats à l'épicerie, je me plaçais en ligne pour payer. Alors que je maudissais le sort de m'avoir fait choisir la file d'attente la plus lente, je fus surpris d'entendre la caissière prononcer le nom de Marcel. Elle racontait à la cliente devant elle que son mari avait retrouvé le malheureux au centre-ville, complètement perdu. « Il errait près du terminus d'autobus en demandant à chaque personne qu'il croisait si elle était son ami. La grande ville, on sait ce que c'est. Tout le monde détournait les yeux pour éviter de lui répondre. Quand mon chum a vu ça, il l'a fait monter dans l'auto et l'a ramené chez lui. En chemin, Marcel lui a dit qu'il avait pris l'autobus tout seul. C'est pas pensable que quelqu'un l'ait laissé faire ça! »

J'ai filé sans mot dire, peu fier de moi.

J'ai revu Marcel quelques jours plus tard. Il circulait de l'autre côté de la rue de son pas lourd habituel. Je me risquai à l'aborder en criant assez fort pour qu'il m'entende :

– Hey! Salut Marcel, ça va bien aujourd'hui?

Il a levé la tête et m'a regardé d'un air triste. Puis, sans me répondre, sans même faire un geste en ma direction, il s'est retourné et a poursuivi sa route en m'ignorant.

T'es-tu mon ami, Marcel?

Complément bibliographique

Les nouvelles « Davidsbündlertänze, opus 6 » et « Je suis un homme qui ne rêve pas » ont respectivement remporté les premier et deuxième prix du meilleur texte de trois pages de la revue *La Bonante*. Elles ont été publiées sous une forme différente dans le numéro d'hiver 2002 de cette même revue.

Table

PAO : Réalisation des Éditions Vents d'Ouest inc., Gatineau
Impression : Imprimerie Gauvin ltée
Gatineau

Achevé d'imprimer en septembre deux mille cinq

Imprimé au Québec (Canada)